烟雨凤凰

蒋子丹 著　　林刚 摄影

台海出版社

图书在版编目(CIP)数据

烟雨凤凰 / 蒋子丹著；林刚摄影. -- 北京：台海出版社，2017.3

ISBN 978-7-5168-1321-8

Ⅰ. ①烟… Ⅱ. ①蒋… ②林… Ⅲ. ①游记—作品集—中国—当代 Ⅳ. ①I267.4

中国版本图书馆CIP数据核字(2017)第041022号

烟雨凤凰

著者：蒋子丹　摄影：林刚

责任编辑：刘　峰　　装帧设计：主　语
版式设计：微　微　　责任印制：蔡　旭

出版发行：台海出版社
地　　址：北京市东城区景山东街20号　　邮政编码：100009
电　　话：010 － 64041652（发行，邮购）
传　　真：010 － 84045799（总编室）
网　　址：www.taimeng.org.cn/thcbs/default.htm
E-mail：thcbs@126.com

经　　销：全国各地新华书店
印　　刷：北京嘉业印刷厂
本书如有破损、缺页、装订错误，请与本社联系调换

开　　本：787mm × 1092mm　　1/16
字　　数：206千字　　印　　张：15.25
版　　次：2017年5月第1版　　印　　次：2017年5月第1次印刷
书　　号：ISBN 978-7-5168-1321-8

定　　价：58.00 元

序言：从一个人用文字构筑的遗址开始

第一次去湘西，大约是1985年，那时，我所在的湖南人民出版社已重新出版了沈从文的旧作，从那里我读到了他记忆中的湘西和凤凰，它们叫我在惊讶之余，对那片只有所闻并无所知的神奇土地产生无数沉迷的联想。

落日黄昏时节万山环绕的孤城和远近残毁的碉堡，河岸人家白脸长身见人善作媚笑的女子，吊脚楼上摇摇不定的灯光和楼下小羊固执而柔和的叫声，庄严中微带抑郁的祭祀和人神共处却过得十分调和毫无龃龉的寻常日子，当然还有美艳照人含笑而死的“落洞”女孩、瘦黑矮小却义勇过人的湘西大侠，以及苗人暴动攻城不克的清早挂在城门口的耳朵和挑在孩子肩头的父亲或叔叔的首级……他为我们描述着一切妩媚与野蛮掺杂的情景，把一个奇异的湘西展示给耽于幻想的外人，不知不觉少不更事的心间业已萦绕了几丝淡淡的忧伤，也装满好奇和关切。

记得是一个酷热无比的苦夏。省会长沙上空忠于职守不知疲倦的太阳，纵容着在街头巷尾搅起热浪的罡风，让树木的叶子耷拉下来，未收割的稻禾干枯卷曲，马路上的柏油被晒化了，汽车轮子驶过的时候，发出“吧唧吧唧”如贪吃的嘴巴嚼着牛皮糖那样不清不爽的声音。人就更不用说，大汗淋漓之下，肺部成了打铁炉子的风箱，一出一进全是热气，通过鼻孔热烘烘排到体外，仿佛一个点烟的火苗就能把整个身体烧将起来。正当所有的长沙市民被天上地下无处不在的酷热弄得寝食不安的时刻，我们一群人被湖南青年作家记者采访团的名目召集起来往湘西逃窜而去。

湘西用它阔大的胸怀袒护了我们，它高耸的山峰奔流的清泉还有山上水边茂密的森林，无时不在释放一种我们迫切向往的湿润和凉爽。可以肯定，1985

凤凰古城远眺（1981）

年7月的湘西，在逃出了酷暑的人们记忆中，永远是一片葱茏的绿色，一片清冷的月光，一串叮咚悦耳的流水之声。我们所经历的湘西五十年前曾经出现在沈从文笔下，那种超越了时空的重逢给人的感觉真是微妙而非凡。

我们在天平山林场的招待所里披上了厚厚的军大衣，笼着手在岸上看赤脚的林场工人在刺骨的溪水里为我们捕捉小鱼。美美吃了一顿火锅之后，再去烧起了篝火的操场上跟山里人联欢，等到人们尽兴而散，电灯随着发电机停车一齐熄灭，大山的夜晚变得深不可测，远远近近全是石蛙们奋不顾身的叫喊，仿佛在敲着密集的梆声，为下午牺牲在餐桌上的表亲们超度亡灵。这么一想，蛙们的叫喊就有些让人揪心了，厚厚一床棉被，忽然透过来一阵彻骨的寒。

临行那天，我们在林场外边的山溪里涮洗衣物，洗着洗着，就发现从山上

流下来的水变红了。接着我们听见从山腰上传来的原本有板有眼的伐木号子，陡然间变得惊慌杂乱，我们猜想是出事了。一会儿，单架从山上抬下来一个伤者，因为山里没有医院，林场准备派车把他送去几十公里之外的县城抢救。等车的时候，我们都在场部门口的空地上站着，束手无策地看着那个人的血从担架上汩汩地淌下来，再渗到地里边去。那个人受伤的头部，被一件衬衣遮盖着，直到他被抬上破破烂烂的卡车，我们始终没有见到他的脸。时隔不久，客车来了，载我们沿着滴洒着那个人血迹的路往山下开。此时我才发现，这条盘山的公路原来这么遥远和艰险，而那个头部受伤的伐木工人居然是头朝下躺在运送他的卡车上。

我记得下山路上，太阳出来了，山里的雾气正恋恋不舍地散开。从车窗望

武陵源风景（1981）

出去，武陵山脉延绵起伏，远处的万仞高山青灰灰的，好像天边屯聚的云彩，近前的沟壑直上直下，黄布带子一般的公路缠绕其间，更显出一种虚无缥缈的气氛。我们的客车在一个锐利的拐弯处来了一个急刹车，当明白了汽车的一只车轮已经悬空在盘山公路的路基之外，司机手忙脚乱不知怎么才把车子倒回正道的时候，满车谈笑风生的人们，随汽车发动机一次次空转的轰响脸色由红变白由白变青。忘了是谁急中生智想出了一个拯救多数人性命的办法，要求大家下去帮司机推车，却被满脸冷汗的司机用恨恨的眼光将没发表完整的号召堵在嘴里。一车人只好横下一条心跟司机生死与共。等我们再次平安上路的时候，忽然感到死神就在我们的头顶，俯视着自己和汽车乃至连绵天边的大山。在它的视线里，这一切定然都渺小得不值一顾：山是一片撒落的芝麻粒，车是芝麻的缝隙里穿行的蚂蚁，而我

屯粮山云海（1983）

猛洞河（1982）

们人呢，不过是蚂蚁腿上的细毛或头上的触须。

湘西让我深深记住了它，它离尘嚣很远，离自然很近，离死亡也很近。多年来异乡都市的繁忙生活，疏远了故乡湖南更疏远了湘西，但它给我的印象并未因此而淡去，反而在偶尔回想之际变得深刻和鲜明。

距离那次湘西之行十五六年以后，河北教育出版社的编辑给我寄来一份《小城故事》丛书编辑构想，希望我在他们已经列出的几十上百个小城中选择一个来写。我只用了一分钟就时间，就在那一片熟悉或陌生的地名中，发现了四个让我怦然心动的字："湘西凤凰"。我又把那些地名看了好几遍，当目光每一次与那四个字相遇的时候，都好像一根细细的金属丝碰上了磁石一样，被迅速吸引过去，发出"叮"的一声撞击声之后，黏在上边。我明白那四个字对于我的意义。

我给编辑打电话，告诉她我打算写湘西凤凰。

我又看见了那些山，那些似曾相识的岩石和大树，它们让我想起当年一路同行而今音讯不通的旅伴。十五年时间，白了一代人的青发，淡漠和无奈布满曾经热情奔放的心，而山山水水依旧。当我再次成为蜿蜒的盘山公路上一名提心吊胆的汽车乘客，渺小如尘的感觉重又降临，记忆之门顿开。我不停地想着，那个受伤的伐木工，他还活在前边的大山里吗？

下榻在凤凰城中的沱江人家客栈，夜半梦中醒来，听见沱江水在吊脚楼下的石基上拍打出千古不变的涛声，完全忘了自己此身何在。接着，听到了淅淅沥沥的雨声，静静躺在枕上，小心地分辨着那些雨点，有的落入了沱江清浅的水中，有的敲打在玻璃窗上，有的从柳树椿树桃树梨树的叶子上淌过，渗透到树木根部，蒸出一股泥土特有的气息，还有的洗刷着深深窄窄的小巷里被岁月和步履磨得光滑细致的青石板路面，以及路边偶尔一两棵刚刚出芽不久的马齿苋草。于是远远近近的雨点，都像担负了不同的使命，以不同的声响呼应着我这个访客对它们的期待。我想在城南中营街那座挂有"沈从文故居"的四合院里，小天井中间的水缸该是已经盛满了吧。

1982 年 5 月，八十岁的沈从文重回故里。在凤凰城的旧居中，作家用老

沈从文与妻子张兆和在张家界金鞭溪（1982）

迈之人颤抖的手指，久久抚摸长了斑驳霉点的墙壁，昏花的老眼流下一行沉思的浊泪。这是他与自己出生地诀别的时刻。“一个人有一个人的命运，我知道。有些过去的事情永远咬着我的心，我说出来时，你们却以为是个故事，没有人能够了解一个人生活里被这上百个故事压住时，他用的是一种如何心情过日子。”日子已经过去，故事已经讲完，他该辞别了。

他把从十五岁那年离去之后，在他乡所遭遇的一切幸运与不幸，一切欢欣与委屈，透过指间的温度传达给养育了自己生命的老屋。虽然在他被命运捉弄以致险些沉沦的时日，故乡无力给他荫庇，他仍无时无刻不钟情于它，无时无刻不被缕缕乡愁缠绕。他曾经这样总结自己的生活：“我来到城市五六十年，始终还是个乡下人，不习惯城市生活，苦苦怀念我家乡那条沅水和水边的人们，我的感情同他们不可分。”沈从文一生著作等身，其中的精华还在与故乡有关的篇章。

沈从文在家乡（1982）

沈从文故居（2013）

沈从文的部分骨灰安葬在听涛山这块五彩石下（2013）

“湘西地方的神秘，和民族性的特殊大有关系。历史上楚人的幻想情绪，必然孕育在这种环境中，方能滋长成为动人的诗歌。想保存它，同样需要这种环境。”

“一个石头镶嵌就的圆城圈子里住下来的人，是苗人占三分之一，外来迁入汉人占三分之二混合居住的。虽然多数苗子还住在城外，但风俗，性质，是几乎可以说已彼此同锡与铅样，融合成一锅后，彼此同化了。”

“各个人家炊烟升起以后又降落，拖成一片白幕到坡边。远处割过禾的空田坪，禾的根株作白色，如用一张纸画上无数点儿。一切景象全仿佛是诗，说不出的和谐，说不尽的美。”

“天是渐渐夜了。野猪山包围在紫雾中如今日黄昏景致一样。天上剩一些起花的红云，送太阳回地下，太阳告别了。到这时打柴人都应归家，看牛羊人应当送牛羊归栏，一天已完了。过着平静日子的人，在生命上翻过一页，也不必问第二页上面所载的是些什么。”

“庙宇的发达同巫师的富有，都能给外路人一个颇大的惊愕。地方通俗教育，就全是鬼话：大人们在孩子还很小的时候，就带进庙去拜菩萨，喊观音为干妈，又回头来为干爹老和尚磕头。”

“城中人每年各按照家中有无，到天王庙去杀猪，宰羊，磔狗，献鸡，献鱼，求神保佑五谷的繁殖，六畜的兴旺，儿女的长成，以及作疾病婚丧的禳解。”

“一株树或一片古怪石头，收容三五十个寄儿，照本地风俗习惯，原是件极平常事情。且有人拜寄牛栏拜寄水井的，人神同处日子竟过得十分调和，毫无龃龉。”

“即或我们一句原词听不懂，又缺少机会眼见那个祭祀庄严热闹场面，彼此生命间却仿佛为一种共通的庄严中微带抑郁的情感流注浸润。让我想象到似乎就正是二千年前伟大诗人屈原到湘西来所听到的那些歌声。”

“一年四季随同节令的变换，山上草木岩石也不断变换颜色，形成不同画面，浸入我的印象中，留下种种不同的记忆，六七十年后还极其鲜明动人，即或乐意忘记也总是忘不了。”

这个春天的雨夜，距离1982年暮春沈从文重回出生地又过了整整二十年，那座朴素的宅院成了每个访问凤凰城的客人必谒之地，而它的主人已经长眠于城外的听涛山久月经年。

藏在深山里的凤凰城，是他此生的出发点，也是他最终的归宿所在。他的

雪峰山脉是进入湘西的一道天然屏障（1979）

表侄画家黄永玉在听涛山的墓地刻了一行碑文来纪念他："一个战士不是战死沙场，便是回到故乡。"在凤凰这座小城多待上几天，你就会知道，岂止是沈从文，岂止是黄永玉，几乎所有凤凰人都爱故乡仅次于爱生命，怎一个"乡"字了得。沈从文对这方土地的报答，就是用最好的才华为这儿的山峦河流花草树木天空云霞人物故事作传竖碑，吸引我们这些陌生的人走近它。

或许那个叫作历史的东西，沉睡在文字为它编织的眠床里，当我们顺着文字的指引走近一座城池一个民族一个家庭或一个人物，并将感觉的触角深入到它的深处时，莫名的气息从旧墙头的衰草里升腾起来，伴着渐渐暗淡下去的日影飘浮在空气里。属于几代湘西原住民与无数过客的记忆，从苍茫的大山那边伴着轻轻的雷声飒然而至，在文字构筑的遗址上复活，等着我们去访寻。

然而，我们明白，所有的记忆都是被情感筛选过的，所有的历史又都曾经被记忆改写。在一个人用文字构筑的历史遗址上，我们只可能凭自己的想象去寻找那些原本不属于自己的记忆。当我试图动手写一本关于凤凰城的书时，深知这本书的读者不可以完全相信它，就像我一边阅读着前人的文字，一边也在怀疑它们的真实。因为面对一个客观的存在，所有的文字都不可能完整地复制它。我必须申明，这里边记录的只是史料中传说中印象中想象中甚至是梦幻中的湘西凤凰。

[illegible]公路（1980）

目录

老街（2013）

第一章 历史

每座城池都有属于自己的历史，这些历史在后人来说可能是些抽象的说道，可能是些枯燥的数据，也可能是人云亦云的见解与捕风捉影的附会，但是当我们诚心想了解它的时候，对这一切必须略有所知。

深山里的城池

从高空俯瞰，在湖南省西部与云贵高原交界的地方，苍茫的武陵山脉如陡峭的屏风，一重又一重由西向东展开，终年阻隔着高空的长风，蒸腾出灰蒙蒙的雾气，当太阳好的日子，屏蔽底部忽然长出的一片被粗砺的石块围绕的黑色屋脊。这就是凤凰城。

凤凰城修筑在大山中间，是一座凭水依山而建的城郭。要是有熟悉中国建筑历史的行家与你同游，他会告诉你这座城池的特点，并让你大吃一惊。他们说，尽管现时的凤凰市井喧哗、街铺琳琅，夜晚尚有霓虹灯装饰着一些招揽顾客的门面，也不难看出这座古城的选址、城防的设置、街道的规划布局，都有着鲜明的军事特征，也就是说它依然保留着古代城池的防御性功能。

在汉语里，“城”是指城墙以内的地方，而“城墙”是指为防守而建筑的高墙，城墙周围常有“城壕”，也就是护城河，与城墙一起合称“城池”。总之，城的建立从来跟防御什么与保护什么相关。在冷兵器时代，人生活在一个被墙与水围起来的环境里肯定更有安全感，古代的城围与现代化都市的开放性布局有明显区别。现代人追求交流，讲究速度，一个城市是否能让它的居民满意，要看它是不是方便进出，而不是相反。

凤凰古城的修建从来与战事相关。

现有的凤凰城修筑记录，最早为明嘉靖三十三年（公元 1554 年），明政

凤凰城一隅（1985）

府在这儿修筑了最初的砖制城墙，到了清康熙五十四年（公元 1715 年），城垣用粗纹质坚的红砂石块加固，成为一条周长四华里，高一丈五尺，厚二丈有余的坚固城墙，东西南北四面，分别开有“升恒”、“静澜”、“阜城”、“璧辉”四个城门，上设城垛以利于防守。清乾隆五十一年（公元 1786 年），从西门至北门扩建了笔架城，建立炮台一座。清嘉庆二年（公元 1797 年），西门外另加建了一圈“城”，并增开了一扇城门，名“胜吉门”。这座城池的修建，先后历时二百多年方得完善，与城西北的高山峻岭中长达三四百里的“边墙”互相呼应，组成了严谨的防御体系。

关于凤凰城的选址有各种传说。一说为朱元璋建立明朝之初，疑部将拥兵自重与朝廷分庭抗礼，派遣凤凰籍将领田儒铭率部将其围剿，为安营扎寨，田儒铭经手建五寨司城，请阴阳风水先生测之。遍勘五草境中各地之后，阴阳先生建议将初选入围的三个地方：黄丝桥、廖家桥、镇箪的土壤各取一升，取分量最重的地方建城，结果沱江边的镇箪胜出，成为五寨司城所在地。据《凤凰厅志》记载：东北有坪曰箪子，西北有所曰镇溪，故统曰镇箪。后以沱江流经此地，民国三十一年（公元 1942）改名沱江镇，沿用至今。

凤凰人对自己这座小城的风水甚为满意，传说当年阴阳先生将其概括为六句话：“双龙来治水，五马来朝阳。凤凰会百鸟，金盆摆中央。谁能拥得此地在，又出将军又出王。”田儒铭得之喜不自胜。按他们的解释，所谓“双龙”，是指城西北的钩箕坡和城东边的青龙山两条山脉，山势绵亘而有灵气，一上一下汇首于沱江；再有“五马”，即城西和西南、东北三方紧紧环绕古城的五座山峰：雷哨坡、大坳坡、王婆坡、白杨坡和强盗坡；“凤凰”指南华山，其后延绵着数百座峰峦，形为数百鸟雀跟随凤凰来仪，“金盆”当然就是被四周高山托起的城池了，十足一块儿风水宝地，岂不人才才辈出？对外来的客人，凤凰人会又炫耀又惋惜地说，方圆不过半公里的地盘上，历史上有名有姓的文官武将和才子，说出数字来都要吓倒你。要不是五寨司城建成之后，田儒铭任沱江宣尉使司，执掌五寨长官司，果然任内地泰民安，反而引起皇帝朱元璋的疑忌，亲自南巡视察，蓄意将沱江改道，把城边的观音山从中切断，凤凰城还会

清晨的沱江（2014）

出更大的角色呢。

凤凰县城古镇筸始建于唐武后垂拱二年（公元 686 年），宋、元、明直至清初实行土司制，设五寨长官司。清顺治三年（公元 1646 年）设镇筸协副将，康熙三十九年（公元 1700 年）始将镇筸协升为镇，在清朝全国六十二镇中占有一席之地。康熙四十三年（公元 1704 年），移辰沅靖道驻此镇，及雍正七年（公元 1729 年）改为辰沅永靖兵备道，为全国八个兵备道之一。乾隆五十六年（公元 1791 年），改为凤凰厅，升通判为同知，嘉靖二年（公元 1797 年）凤凰厅更升为直隶厅，统领三府一州军政，管辖“大湘西”二十余县，被视为“扼西南苗疆之咽喉，为辰浦泸麻之屏障”的边陲重镇。

不难看出，由明至清随改朝换代，凤凰城的地位节节上升，诸如此类，都与朝廷对苗民的弹压密切关联。这里所说的边疆，其实是苗疆。

如果一个 21 世纪初叶的人，回到一二百年前的凤凰城，会发现那时候这个仅安顿下三五千人口的小镇，实际上是湘鄂川黔边区的政治、军事、经济、文化枢纽，所谓“西托云贵、东控辰沅、北掖川鄂、南扼桂边”。清朝廷设绿营兵驻防镇筸，该军因系招募汉人编成，以绿旗为标志，故称绿营兵，直属湖南提督管辖，拥有马兵、战兵、守兵几千人之多，于是城中的住民，多是派遣移来的戍卒屯丁。按旧时的说法，镇筸镇五千居民七千兵。也就是说，城中的居民只有五千人口，戍卒屯丁倒有七千之多。照这样想来，这座城镇差不多已成了一个兵营。

2000 年，凤凰县境内的中国南方长城被专家重新确定的消息，不断见诸报端，成为文物与古建筑专业人士热衷一时的话题。

中国长城学会专家罗哲文称，长城与一般城墙不同之处有三：长度在数百里以上，不封闭，由诸多城堡、墩台、关门、哨台、碉楼、城墙等共同构成防御工程体系。湘黔交界的苗疆边墙完全符合这些特征。他还说，北方明长城也称边墙，每一“镇”（军防区）的边墙有长有短，北京保卫明十三陵最重要的一镇“昌镇”，也才二百余公里，与镇筸一镇边墙长度相当，且其军事机构设置、官兵制度也都相同，故可认为苗疆边墙是明长城的一部分无疑。

这条被后人称作“南方长城”的边墙，上自贵州同仁下至湖南保靖，长约三百八十华里，把“凭恃险阻，从未归化”的苗民当做野人摈之，与熟苗和汉人隔离开来，划定湘黔川三省交界处“经三百里，纬百二十里，周千二百里”的范围为“生苗区”。所谓“生苗”是指不贡赋不纳粮不受朝廷节制的“化外苗民”。

据明史《一统志》所记：万历四十二年（公元 1614 年）湖广参政蔡复一亲临苗疆边地，度其险阻，修筑沿边土墙，从贵州铜仁亭子关起，修至镇溪（今吉首）。每筑一丈，兵给银一钱二分，民给银钱一钱八分，共耗银四万多两，修筑边墙总长 320 华里。明天启二年（公元 1662 年），辰沅兵备道副使胡一

南方长城（2001）

鸿，向北续修镇溪边墙至喜鹊营，长60华里，使苗疆边墙总长达到380华里。当地百姓称前者为蔡氏边墙，后者为胡氏边墙，这380华里的边墙，就是今天所说南方长城主体。

明末崇祯年间发生的苗民起义，曾将这道御苗土墙夷为平地，驻守边墙的官兵近八千人作鸟兽散。清康熙年间，统管苗边的地方官员多次提出按旧址重筑边墙方案，均被皇上认为“未足捍御红苗”而作罢，直到清乾隆六十年（公元1795）再度爆发苗民起义，朝廷才在旧墙遗址上重修防线，由一千余座汛堡、碉楼、屯卡、哨台、炮台、关门、关厢连接百余里石墙组成御苗“边卡”。

时至今日，凤凰周边仍有许多村镇以营、哨、堡、卡、壕、关来命名，如阿拉营、靖边关、清水哨、拜亭卡、鸭堡洞等等，或可认作苗疆边墙遗所。自古长城无论南北，均为戍边之大器。苗疆即是边地，凤凰当是边城。然而这“边城”的名号来得实在不轻松。清代流官黄思芝的《边墙夜柝》词，或许能让我们感受当年边陲凄惨紧张的气氛和对苗民的鄙夷："叹边防严密，关墙筑削，迢迢长夜，更更敲入苗巢。梦里肝胆都落，悔昔日跳梁事错。风寒山径，几点篝灯闪灼，听声声度岭穿壑。天曙也，抱关人方去睡着，正关外鸡鸣膈膊。"

不妨设想，在历史上，如果没有苗族的迁徙与暴动，朝廷大约是不会费尽心机在这样天荒地远的区域设立行政机关的。或许可以说，凤凰城几百年的历史跟苗汉两族的恩恩怨怨有着无比密切的联系，不懂得苗族，就不会懂得凤凰。

> 试将那个用粗糙而坚实巨大石头砌成的圆城作为中心，向四方展开，围绕了这边疆僻地的孤城，约有五百余苗寨，各有千总守备镇守其间……落日黄昏时节，站到那个巍然独在万山环绕孤城高处，眺望远近残毁碉堡，还可依稀想见当时角鼓火炬传警告急的光景。
>
> ——沈从文《凤凰》

苗疆与苗族

清嘉庆二十五年（公元 1820 年）的苗疆全图，把沅江以西，酉江以南，辰江以北，及湘黔交界以东区域定为苗疆，东、南、北三面环水，西面以高山为屏蔽，横跨湘黔两省的大腊耳山逶迤而来，在其腹地因地质断层而构成台地地形，星星点点的苗寨散布于台地之上，凤凰城正在其间。城池被苗寨团团围住，双边的关系又相当紧张，这小城四面受敌的气氛定令人不堪，断不会有今天这份和谐与悠闲。

对苗族祖先起源，说法纷纭不一。

《战国策·魏策》："昔者三苗之居，左彭蠡之波，右洞庭之水，文山在其南，衡山在其北。"明清以来多以古代之"三苗"附会为后世的苗族，传说是以尚武强盛一时的蚩尤后裔，属于号称"九黎"的部落。在长年与炎黄尧舜禹各部落的争战中，多次战败，逐渐从其生息之地黄河下游与长江中下游被迫南迁，陆续定居于西南荒凉的崇山峻岭，史称"南蛮"，其中居住在湘鄂川黔地区的一部分，

“挂”在悬崖上的山路（1982）

在汉唐被称为“武陵蛮”或“五溪蛮”。

湘西苗族流传的史诗《休巴休玛》，记录了苗族先民不断迁徙的历史。当他们还定居在“占楚占菩”（楚国江汉江淮流域）的年代，“繁衍如鱼如虾，收获堆积如山；人数越来越多，队伍越来越坚；生活越来越好，树屋盖瓦砌砖；女的戴银戴金，男的穿绸穿缎；牛马满坡满岭，猪羊满栏满圈”。后来遭到恶鬼“枷嘎”“枷狞”的破坏，被迫离开富饶的平原，迁往“高戎霸凑”（武陵山区边缘地带），在泸溪峒重新建设新的家园，“男的又来立家立业，女的又来积麻纺线”，“五谷丰登，六畜兴旺；炊烟绕过九十九岭，歌声响彻万里长天”，不料恶鬼追赶而来，“祸害遍及九十九岭，世上人间住不成家”。苗族七宗七房反抗失败，只得像“河里的鱼逆水而上”，从大河边被赶到小河边，从小河边被赶到小溪边。一次又一次的创业，带来的是一次又一次向更贫瘠的地区迁徙。如今已经很难想象苗族的先人当年是如何携老扶幼，恋恋不舍告别昔日的家园，一步步深入猛兽出入无常林深不见天日的湘西腹地的。苗人爱唱山歌，但即使是在今天的一些十分欢愉的场合，苗歌出口仍然会让人听来凄凉哀伤，那些哽哽咽咽断断续续的曲调，绝无半点娱人娱己的意思，反倒露出一步一喘气五步一回头的印迹，也许这些苗歌诞生的环境，正是苗家先人艰难险阻前途莫测的旅程吧。

到了明末清初，中原汉族人口激增，为解决人口与土地矛盾，不断侵占苗疆，而苗人已经退无可退守无可守，致使汉苗两族为争夺生存空间时时兵戎相见。苗族被一步步逼入西南山区的高寒地带，生存环境更趋恶劣。据《苗防备览风俗考》："苗中四时气候与内地向异。常有黑雾弥漫，卓午始稍开朗。当朦翳之时，人畜对面不相见，寸趾难移。春夏淫雨连绵，兼旬累月，常驻泥滓难行。雨势甫霁，蒸湿之气，侵入肌骨。其泉为山洞岩浆，性极寒冽，饮之败胃，水土恶劣，外人居其间，常生痨疫。"

1947 年商务印书馆刊行的凌纯声、芮逸夫《湘西苗族调查报告》认为："苗人终岁勤劳，丰年仅免冻馁；一遇灾荒，则不能自给。弱者鬻子女以换斗升之食，占者则结伴四出抢劫。有司追捕过急，常常酿成大乱。故谚曰'苗疆五年一小乱，十年一大乱'。此非苗人生性好乱，实因地狭人稠，为生计所迫。"

从明洪武元年（公元 1368）到清咸丰十一年（公元 1861）这四百九十多年中，湘西黔北苗区共发生规模大小不等的战争三十九起，前后历时九十八年。其中规模最大的一次发生在清乾隆嘉庆年间。这一带曾有二十万苗汉居民参加抗暴起义，范围涉及三省六府十三厅县，前后持续十二年之久，清政府为镇压这次起义，曾调动湖南及周边七省兵力，仅湖南一省用兵两年就耗费军费多达七百万两白银。义军先后与清军交战百余次，死于此役的清军总督、提督、总兵等高中级将领达到二百余名，至于义军方面的损失那就更是可想而知。此后，道光、咸丰、光绪、民国年间，都有规模较小的苗民暴动发生，最终都以起义首领壮烈牺牲而起义失败告终。

苗汉（1986）

苗族内部支系繁多，有白苗、花苗、青苗、黑苗、红苗之分，主要以衣着的颜色相区分，散处山谷聚而成寨。一般史学认为，苗族“有族属，无君长，不相统属”，指的是有史以来苗族只出现过为数不多的小土司，从来没有过大土司，因此难于形成自己相对稳定的世袭制度，也无法建立相对稳定的地方政权，逢有大的起义爆发，只建立一些临时性的应变政权，如乾嘉起义时拥立首领吴八月为“吴王”，封石柳邓等人为“将军”，但随着起义的失败，临时政权也土崩瓦解。究其原因，除了跟苗族在历史上不断进行大的迁徙有关，苗人崇尚个人力量与自由的习性也起了一定作用。

湘西的苗族属红苗，在苗人中首推为最强悍勇猛且有见识的一支。我在访问苗族学者吴曦云先生时问及此事，他认为这是因为红苗居住在苗疆边墙一带，属于苗汉拉锯争夺的区域，与汉人交锋开战的机会最多，逐渐发达了自己的武功，也是因为与汉区接近，相对更封闭的苗区，文化视野比较开阔，在见识方面自然胜出一筹。所以人们认为红苗在苗族中是最厉害的。

既然红苗的威名是在与统治者的交战中打出来的，那么可想而知，他们定为这种威名付出过比别支苗人更多的代价。果然就从《凤凰厅志》上找到了答案，纵使那些发黄的纸片上，蝇头小楷工整娟秀，但句句字字透出一股血腥的气息，清政府对苗疆的统治，非“铁血”二字不能形容：“尔杀内地一人者，我定要两苗抵命，尔掳内地一人者，我定要拿尔全家偿还”，“苗边晋习凡有不平等事，或力难泄愤或控断不卿，投入苗寨勾引多人潜入内地，不论何人坟墓断棺取颅，不论何姓人牛非杀即掳”。

有些肤浅的考证总爱把少数民族的特有的居住、饮食、民俗习惯归入异族风情范畴，猎奇之余，很少探究其在形成过程的痛苦和无奈，导致了我们的误读误解。

湘西至今可见山谷深处的一些苗寨，建在又高又陡的峭岩上，远远就可望见，但要真想进去看看，就大有可望不可即之感。寨子里的道路曲折复杂，小巷颇多又互相可通，进了寨门之后，右弯左转，要是没有熟人引路，就像走进了诸葛亮的八卦阵，进去容易出来难。倘若不知道苗人悲惨的民族历史，就很难想得通这些寨子为什么修筑得如此险峻。凭险而居占据易守难攻的地形，是旧时苗人自保其全不得已而为的法子。

苗家至今喜欢吃酸辣食物，被品食的人们称为苗菜特色，其实不过是旧时苗人居处深山，盐巴奇贵，贮存的食品很容易发酸，为了掩盖其味道，只好多放辛辣佐料，久而久之形成了特殊的饮食传统。

逢有节庆，访客们在苗寨里或可遇到大小集会，只见着苗装的女演员满头满身亮闪闪的银饰，小伙子用芦笙吹出欢快的曲子，男女老少围在一块儿击鼓歌舞。让我们难以想象的是，即使是这样载歌载舞的娱乐活动，也是早先为抵御外族的部落联盟组织形式“合款”演变而来，它由有着共同风俗与血缘关系的人们组成，规模大小不定，小至几寨大至几十寨，偶尔有上百寨组成一个款

苗女（1982）

会，以跳鼓的形式推行维护民族生存的合款制度。清朝实行“改土归流”以后，合款制度逐渐消亡，跳鼓成为单纯的娱乐方式流传至今。一个民族的娱乐形式里倘且携带着防范的因子，足可见其受到的压抑已渗透了生活的每一条神经。

生存的压力一旦到了极限，就会走向反面。史书中曾说到“苗人刚狠轻生”，而湘西的历代军阀都爱招募苗兵苗将，认为他们“贱不惜命”。几百年的摩擦使苗汉关系紧张已极，“铜不沾铁，苗不沾客”是苗人对双方敌对关系的通俗比拟，而汉人对苗人的歧视亦难免不溢于言表，凡见丑陋事物，动辄以“苗”字形容：粗碗粗筷，谓之“苗碗苗筷”，相貌不美，谓之“苗相苗形”，住所简陋，称为“苗屋”，体臭汗气，称为“苗气”。如此往来，必生龃龉，干戈相向，就成了定局。

明代以后民国以前，官府禁止苗汉两族通婚。雍正三年（公元 1726 年）曾经有过禁令，对苗汉通婚者“照违制律杖一百，仍离异”，对促成婚姻的媒人则“杖九十”。由于湘西地方天高皇帝远，禁令形同虚设，乾隆二十九年（公元 1765 年），湖南巡抚又奏请开禁，认为此举“可使气类相感，自当闻风慕及”有利于“化苗”。结果在乾嘉起义期间，苗汉亲戚之间互通消息致使军机泄露之事频频发生，让清廷深感“非我族类，其心必异”，又重申禁婚法令。以后汉族上层人物或有将苗族婢女收房为妾的，也大都视为隐私秘而不宣，有的更是在苗妾生下传宗接代的男丁后，将其远远地嫁到外乡去，再在本地做一处假坟让子孙祭拜，以免有着苗族血统的孩子遭受社会歧视，不能参加文科武举。

沈从文的亲祖母就是一位苗姑，所生第二子过继给官至清朝提督、贵州总督的大伯为嗣，结果却被远嫁他方。沈从文直到二十岁才从父亲口中得知真情，原来自己小时候在黄罗寨乡下磕头祭拜的是苗裔祖母的假坟。有着四分之一苗族血统的沈从文，时常在文章中特别夸耀自己健康的苗人血液，正是对苗族所受屈辱的深切同情和义愤的表达，于是在许多场合被称为苗族作家，而诗人屈原在《离骚》的开篇，称自己为“帝高阳之苗裔兮”，或可见出苗族血统在古代并不卑贱。

苗族人爱将自己比喻为牛。牛这种动物平时性情温顺内向，一旦被惹得发怒，将会倔强无比难以招架。为了对付牛，使牛的人用绳子串在牛鼻子上，算是掌握了牛的要害，关键时候一根牛缰绳就决定了人定胜牛。对于牛一样辛勤也牛一样倔强苗人来说，凤凰城的三王庙差不多就是他们的牛鼻子，吃猫血的旧制就是牵在统治者手中的牛缰绳。

三王庙建在城东南观景山麓，旧名天王庙，清嘉庆三年（公元 1798 年）由同知傅鼐扩建重修，改名三王庙。相传庙中所祭白面、赤面、黑面三尊塑像，就是宋代名将杨业第八世孙应龙、应虎、应豹三兄弟。这三兄弟曾受朝廷派遣，南征蛮夷之地，杀苗人九千。傅鼐扩建三王庙时，正值乾嘉苗民起义期间，修庙祭奠三王的用心不言而喻。三王庙建成之后，被称为“苗疆大理院”，约定

俗成的苗民最高讼院，官吏们深知苗民畏鬼甚于畏法，无论大小讼案，苗人不服县府衙判决时，就令当事人去三王庙“吃猫血”。

“吃猫血”是在三王庙中以雄猫一只刺杀，将血滴入酒碗之中，请监血人见证，由诉讼双方当众饮下，其中最为严重的一种为全家父母妻子男女老少一同饮血发誓。吃血之后当事人必须盟誓说：“你若冤我，我大发大旺；我若冤你，我九死九绝。”血酒下肚，绝无反悔，苗人畏此莫深。据《苗防备览》记：“当其入庙吃血，则膝行股栗，莫敢仰视；理屈者逡巡不敢饮，悔罪而罢。”于是，哪怕多年纠缠不清的诉讼也可当即决断。

更有甚者，1911 年辛亥革命首义之后，凤凰光复军起义响应攻打厅城，以失败而告终。镇压的大屠杀开始之后，三王庙里押满了四乡捉来的人犯。县太爷要选出其中的一些杀去，又嫌选择的手续麻烦，于是让这些被胡乱捉来乡下人自己掷竹筊定生死，胜筊阳筊者开释，阴筊者斩首，死生存亡一切交给供台上的泥塑三王安排，真是骇人听闻。那年刚刚九岁的沈从文每天忙着在河边看杀人，又在三王庙里看乡下人掷筊，看他们“如何闭了眼睛把手中一副竹筊用力抛去，有些人到已应当开释时还不敢睁开眼睛。又看着些虽应死去，还想念到家中小孩与小牛猪羊的，那分颓丧那分对神埋怨的神情，真使我永远忘不了”。多年以后他在文章中这样写道。

> 中国长达几千年的历史发展中，湘西曾长期为历史所遗忘，直到康熙年间，清王朝对湘西实行“改土归流”之前，苗族聚居地还是既无土司管理，又无流官辖治的“生地”。
>
> ——凌宇《从边城走向世界》

傩的化石与巫的标本

傩戏的名声很大，但现在不大有机会看到。

凤凰的深街老巷曾有过大大小小的祠堂数十，其中以田、杨两族祠堂最大，其次，滕、陈、刘、熊、姚、印、唐、龙诸族也先后建有宗祠或家祠，规模较大的祠堂都筑有戏台。宗祠是家族议事执法的地方，也是祭祀场所，每年定期举行祭祀典礼，春有清明会，秋有中元会，冬有冬至会。届时族人聚集在此，以三牲酒礼行三献礼。田杨大族还鸣铁炮、奏礼乐，仪式十分隆重。节日期间要上演傩堂戏，娱神驱邪。新中国成立后，废除了宗祠，将祠堂收归公有，傩堂戏还一直在民间流传，只是表演的目的已经由宗教祭祀渐渐趋向于娱乐了。

现时上演傩堂戏的去处不多，较为正规的演出主要在文星街的朝阳宫（昔为陈家祠堂）。朝阳宫的建筑气势不凡，高大门墙上十二副浮雕让这个四合大

老哥俩买牛（1982）

院在街巷中颇为醒目，内中的古式戏台花窗玲珑飞檐峻翘，地道大家风范。戏台的厢房已经做了县书法家协会办公室，其演出场所的功能尚未改变。等到有演出的日子，院外的墙壁上就会用红纸公布当晚剧目。剧目的内容用戏台左右台柱上的对联，或许已经概括："数尺地方可家可国可天下，千秋人物有贤有黑有神仙。"观众呢，除了一些身份特殊的观光客，大都为本地上了年岁的老人。

令人惊讶的是，作为颇受重视的地方剧种，凤凰县并没有任何固定人员常设机构的傩剧团，只有几个时聚时散的草台班子，有人出钱请时就来演他一演，演员们平时在家务农或替乡亲邻里做法事。傩堂戏的剧目几十年上百来几乎没有改变，为正戏、副戏两种。正戏从傩仪演变而来，一般在傩堂内表演，内容原始情节简单，主要剧目是"八搬"：即《搬开山》《搬先锋》《搬土地》《搬算匠》《搬师娘》《搬儿童》《搬八郎》《搬笑和尚》。要是想弄清楚这些剧目跟还傩愿的仪典有什么区别，是一件十分困难的事，问来问去差不多只能混为一谈。也有这方面的专家绘声绘色说明一番，最后得出的印象，是正戏唱腔朴实而副戏花腔较多难度较大，且副戏一般在戏台上演唱，是一些戏剧化程度较高的大型剧目，主要代表剧作是"三女"，即《孟姜女》《庞氏女》和《龙王女》。

傩堂戏带有很强的巫仪意味，其起源是古代民间的跳神活动，苗族先民认为"万物有灵""灵魂不灭"，为了求先祖的魂魄保佑后代子孙，要对先祖亡灵进行祭祀。表演者所戴面具，原属巫师跳神法器。傩堂戏表现方法原始粗犷，常有亵渎鬼神、藐视王法、丑化朝官的内容，戏中人物敢爱敢恨、不拘嘻怒，有悖正统文化的观念道德。苗族学者吴曦云认为，傩（音 núo）在苗话中的原义是捞种子，象征向祖先祈求赐予后代延续香火之意。还傩愿的表演本义是要刺激性欲，故动作性感甚至接近猥亵，最后一幕敬傩母，女人统统得回避，而巫师还愿时所戴的面具，最初不过是用来遮羞的，久而久之才有了文化符号的意义。

近年来，傩堂戏之所以引起国内外人类文化学界普遍关注，是因为傩文化研究的深入与考古学的发现，正将"傩"这种据称有七千至一万年历史的古老

朝阳宫里的大戏台偶尔还演出傩戏（2001）

文化的脉络，越来越清晰地展示出来。

傩文化专家林河先生在《傩史——中国傩文化概论》中勾画出的傩文化图形，对了解地处湘沅的凤凰县至今还很浓厚的傩巫文化格局十分有益。

林河认为，依图腾学说，龙与凤是中国最主要的两种图腾。在北方旱粮文化圈，对雨水的需求非常迫切，龙作为降雨之神，必然上升为主要图腾神，而在南方水稻文化圈，人类傍水而居，各种不同季节作物的生长习性，使人们对季节的敏感大大超过了北方，傩鸟作为报农时、知物候、助人耕种的天神使者，图腾地位也逐渐上升，与龙图腾相对应，凤就是远古时代的傩鸟。傩是一个以短尾鸟“难”（古又同“傩”）为图腾的民族的称谓。这种名叫“难”的短尾鸟，是否就是长沙马王堆出土的西汉飞衣帛画中的那只站立的红色太阳中的黑鸟呢？

人类学家一般把原始信仰分为“自然崇拜”“图腾崇拜”“祖先崇拜”三个阶段，以傩鸟为图腾的中国南方人所崇拜的傩神，是祖先傩公傩母，属于原始信仰第三阶段，还未能形成更高层次上的宗教。在苗族的故事歌中，傩公傩母是远古洪荒时代幸存下来的一对苗裔兄妹，是开创乾坤之神禾璧的儿女。当初禾璧与天上的雷公窝耸斗法，雷公使鳌鱼塞住四海口，降雨七天七夜，让洪水直涨齐到天门，凡间之人无有幸免。只有禾璧这双子女侥幸脱身，为延续人类香火结为夫妻，今天的人类，便是这一对兄妹的子孙后代。

湘西地方凡遇人口不安，六畜不旺，五谷不丰，财运不佳，瘟疫盛行，以及其他怪异现象，经巫师卜知犯了傩神，就要许愿酬傩。“还傩愿”这一集中了傩文化的哲学、伦理、道德、政治、经济、语言、历史、艺术、风俗等文化

傩戏（资料）

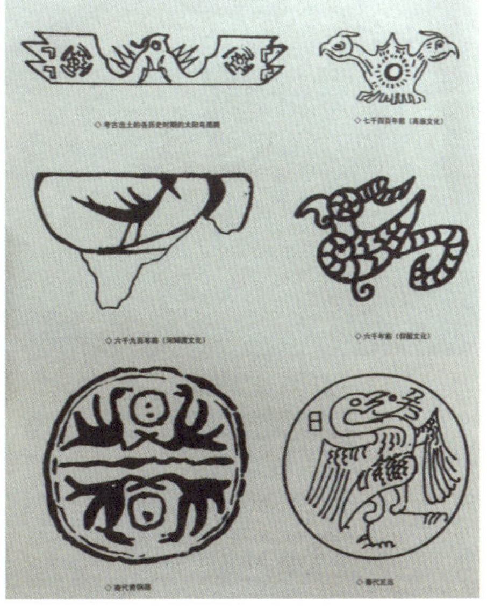

图腾的演变（资料）

成果的法事过程，就是迎请巫师建醮还愿、了愿的宗教活动。“还傩愿”的主要功用是与鬼神和解，巫师不到万不得已的情况下，是不会使用驱鬼手段的。湘西湘北一带明清间的县志、府志都有对“还傩愿”的记载：“刻木偶男女二神像，呼为傩公傩娘。公赤面长髯，娘粉面珠冠。”“岁除，岁将尽数日，乡村多用巫师，朱裳鬼面，锣鼓喧舞竟夜，名曰还傩。”

傩文化是一种极少排他性的开放式文化，任意性也非常之大，汉唐以降受佛道二教的影响，不断与之合流，除在比较偏僻湘西地区，“还傩愿”还保持了信奉傩神的原始状态外，大多数地方已变成五花八门的酬神庙会，傩坛上供奉的神灵也因地而异。随傩仪场面越来越壮观，傩坛神谱越来越复杂，傩戏在

民间祭祀活动——茅谷斯（1980）

“还傩愿”的过程中比重越来越大，演出水平越来越高，逐渐与“还傩愿”的仪式分道扬镳，成为专业剧种。故而凤凰县傩堂戏存在的意义就显得特别重大，说它是傩文化的化石也不算过分。

傩文化研究专家发现，凤凰县现在仍在上演的傩堂戏《搬先锋》，没有任何情节，先锋娘子上场后，请出还愿东家主人一同参拜傩坛，实际上仅停留在做法事的阶段，并在很大程度上与巫术相关。

傩教的一切仪典中，巫师和仙娘是不可或缺的主角。援引近代最享盛名的英国宗教学家傅雷塞关于巫术与宗教的分辨标准：看其控制自然的方法是自己直接用符咒仪式，还是间接乞灵于神物，前者为巫术后者为宗教。观察湘西傩教的种种仪式，不难发现它兼有宗教与巫术的色彩，应称为巫教。

我们已经知道了历史上的湘西偏僻闭塞，那时候的人对自然界各种不能被世俗常识所解释的现象，多信为有鬼神在主宰，树有树鬼，风有风鬼，遇到雷雨，就疑为雷鬼，且苗人无鬼神之分，只将鬼魅分为善鬼和恶鬼。善鬼其实就是自家德高望重并寿终正寝的前辈，恶鬼一般是指那些死于战乱灾祸和其他意外的人员。敬奉善鬼是为了请他们保佑平安富贵，敬奉恶鬼是为了与他们达成和解免生事端。种种祭典仪式，不外乎避祸求福两类。避祸无非患了疾病而求痊愈，见了怪异或不祥事故而求袚除，起纠纷而求解决，死了人求赦罪。苗人曾经把自然界的一切奇异现象皆跟鬼神相联系，连雌鸡打鸣或生软壳蛋，走路时鸟屎落在头上这样的偶然现象，也会被视为凶兆，必要算卦，五谷不丰六畜不旺，要祭五谷鬼，听见异常动静，开门不见何物，遂疑为屋外大树作怪，也要行法退古怪树。这一切都离不开巫师。

《傩史》中对傩与巫的密切关系作了深入论证，认为中国巫术非常值得探讨的两个方面，“驾驭鬼神的巫术”与“显示神异的巫术”，在傩教观念与仪式中都有充分表现，对鬼神并不采取消极的畏惧、恭顺、屈从、驯服、敬而远之、无可奈何的态度，而是想方设法驾驭鬼神，使鬼神能听从人的意志，凡“人为宗教”中认为“欺神灭道、亵渎神灵”的勾当，傩文化都百无禁忌地应用到巫术中去了。

做法事的巫师

在湘西，人与鬼神同栖一室是再自然不过的日常生活。你去老乡家做客，随处可以看见烧香焚纸的印痕，一块石头一个柱子一块门板，无须有什么特异，都可能是一方鬼神。比方某人要去墟上卖羊羔，心里想要卖个好价钱，临走在大门口烧纸上香，对门神许愿说，保我卖出好价，我带好吃的来供你。其实无论那只羊羔是否卖到了心想的价钱，赶场回来总是要拿白肉米糕之类给门神上上供的。或者遇上了心烦意乱的事，也可能跑到堂屋的方桌脚下烧点香纸，跟家中做主的鬼神诉说一番，把一颗心又放平了。等到一年结束，必要请个巫师到家来还愿，算是跟鬼神了结了这一年平安共处的日子。

椎牛是凤凰苗族最大祀典。苗人病重或无后，均须许椎牛大愿。要选四膀有四旋，五官腿蹄端正的水牛，锣鼓迎接。引牛进屋，牛举足前行，头向神龛一看，主吉，如趑趄不前，似有惊骇之状，主凶。整个祀典要三天，放炮奏乐，唱歌鼓舞，念咒献酒，一切程式需要一天才能完成。第二天，立五花柱，将牛套于柱上，向牛三跪九拜，念咒焚香，然后在一片喧天锣鼓声中，牛绕五花柱而跑，由手执梭标的青年子弟猛力刺牛，及牛昏倒在地，视牛头的倒向以定吉凶，头向主人宅主吉，向外则主凶。牛既刺死，分牛各部位赠人与祭献，第三天早上，还要再行法事，同时散客。

清嘉庆年间在凤凰厅任职十三年之久同知傅鼐，总结历史上多次苗民起义均有盛大祀典在先的经验，曾下令禁止椎牛法事，因其仪式声势浩大，椎牛之前巫师作法均要吟唱苗族史诗，等于进行民族情感教育，只要有人引导就成了暴动起事前的召集组织活动。这就使得椎牛仪式在宗教基础上增添了政治色彩，更具复杂性和多义性。

作为苗家最耗费钱财的法事，时下较难遇见，要有特别重要的客人莅临，或者遇有特别盛大的节日，多半作为民俗表演组织举行。

旧时湘西地方巫术盛行，傩巫们为令人相信他们神通广大，确实能驾驭鬼神，为百姓祈福消灾，单纯只打醮敬神是不够的，他们必须有一套过硬的神异本领，才能使人相信他们确能请动鬼神，确实是沟通天上与人间的神使。一个巫师的高明与否，常常是以他们能够行使何等神奇的法术来衡量的。傩巫们在苦练法术的过程中，发明和发现了一些魔术、杂技、气功以及一些至今未能使人理解的特异功能。人类文化学家将术法分为白巫术与黑巫术，白巫术以治病救命为目的，如“画水”，黑巫术以害人生病为目的，如“放蛊”。

关于“画水”的场景，不少历史文献中都有过详细描述，而且现今在许多交通不便缺医少药的乡村，以“符水”治病的风俗依然。

据记载，“画水”的巫士都有师传授，其传授之法，于夜晚三更，用一长板凳，上摆香、烛、纸钱、茶、朱砂笔、公鸡一只，另外青布三丈，鞋一双，钱一对。师父口授咒语，传演种种仪式。最后师父用刀划破徒弟的头皮，使之出血，以人血和鸡血，再以朱砂笔蘸之画符圈书。传授以后的四十九日中天天练习。据说，须一生禁食：天上的斑鸽鸠，地下的犬马猴，水中的鳝鳖鳅。犯之术即不灵。

“画水”的仪式用烛一对，香三枝，碗一只，内装米，肉一块，纸钱若干，另用一杯盛清水。巫师在开始做仪式时，先燃烛再点香，将香插在米碗内，米上须放利市钱，多少不定。然后再将水杯、酒杯及肉一一放好，巫士乃向香案行三叩首礼。礼毕，焚化纸钱，将水碗取下，左手以大、食、小三指叉杯，右手以食、中二指相并，对水杯画符三道。画符时，先默诵请师父口诀，再念“画

乡间的盛大节日（1980）

水”口诀，念至某段某句时，即喝水一口，向病者喷去或将杯水使病者饮之，告知能治病。

至于“画水”行当中的极术“赶尸”，无论文字与口头的表达，都更趋向于传奇，无以为凭。沈从文在 1940 年所写湘西系列散文，就中有关“赶尸”的叙述即是作者本人也疑大于信，所记“有道之士”阙老五，声称自己亲自赶过尸：“我的一个亲戚，在云南做官，死在任上，赶回湖南，每天为死者换新草鞋一双，到湖南时，死人脚趾头全走脱了。”问及作法的细节，却是以符水迎面后，再以文天祥的《正气歌》为口诀，用歌词影响死人的行动。等来访者表示希望看到“表演”时，又推说“功夫不练就不灵，早丢下了”。再问为何把它丢下，绝不说明。

林河在《傩史》中对“赶尸”也有记载：“人死百里之外，傩巫可行巫术将尸体一路驱赶回家乡安葬，其尸不腐不臭，能僵直跳跃前进，唯不知转弯过沟，遇转弯过沟处，傩巫必焚纸作法，教僵尸转弯或逾越。”但林河接着对此现象作了揭示：“据道灵先生反映，‘赶尸’纯属魔术，其实尸体并无法真正赶回，巫师但取死者头部、两手、两足带回，所谓僵尸，乃由一巫者装扮顶替。因‘赶尸’时，生人俱需回避，不许窥视，故巫师得以逞其计。回家后，亦由巫师入棺，直至把头部与四肢安放棺中，覆上寿被，始让亲人探视哭丧，亲人在悲哀之中，不辨尸体有无躯壳，故其计能成功。”

“放蛊”是另一种成为神秘传说的巫术，虽历代志书多有记载，都语焉不详，因为蛊历来为官府所严禁，能蛊者讳莫如深。

凡此种种古风异俗，无论实证还是传奇，无论夸大其词还是故神其说，对外界都有着极大吸引力，故而凤凰在很长的时段里，一直是人们幻觉与错觉中的特殊地域，充满原始神秘与恐怖，交织了野蛮与优美。现时到凤凰城旅行的人们，还可随着节气不同观赏到不同的汉、苗、土家大小庆典：腊月二十二的祭灶节，二月二的会龙节，四月八的祭祖节，六月六的对歌节，七月七的祭鬼节，八月十五的祀月节，以及椎牛、接龙等祭祀活动，并可从这些仪式中看到上刀梯、捞油锅、踩火犁等特技表演，各种仪规和表演，无不渗透着傩巫色彩。

历史研究表明，中原文化含有贱巫观念，湘楚文化却贵巫尊巫，而湘楚文化最杰出的代表正是惊世骇俗的伟大诗人屈原。有专家称，无论从官职属系还是从著作诗篇分析，屈原毫无疑问是楚国法术高强的高级傩巫，在他的著作中，《九歌》《天问》《招魂》《大招》《桔颂》等篇，都与傩文化的关系极为密切。其中，《九歌》是由“跳傩”巫词加工整理而成，《天问》是傩巫们在傩祭期间必须演唱的民族历史知识。今时沅湘间不论汉族与少数民族的民间对歌活动，仍以一问一答的歌词来传承本民族的创世神话和英雄史诗，就是对这一文化传统的继承。

多少年来，湘楚傩乡的文化养分滋养着凤凰，它的一切活动无不在傩巫遗风浓重的深远背景下展开。它是一个傩的标本与巫的化石。

> 当儒家文化成了中国正统显性文化之后，傩文化便转入民间，成为隐性文化，顽强地存活在一般习俗之内，存活在汉族底层社会与少数民族之中，等待复活。
>
> ——罗青《一个新的文化诠释观点之诞生》

无湘不成军，无筸不成湘

在凤凰城，只要涉及它的历史，你就无法忽略本城居民对他们先辈的荣誉最为经典的表述——无湘不成军，无筸不成湘。清咸丰年间，席卷全中国并威震一时的太平天国运动，成为清朝廷的心腹之患，多年讨伐不得其果，最后由湘人曾国藩召集家乡子弟组成“湘军”，经过铁血征战，才拼死挽回朝廷败局，从此“湘军”声名鹊起，湘勇不怕死敢拼命的气质，传为美谈，正所谓“无湘不成军”。至于“无筸不成湘”，意指“筸军”是“湘军”中最为精锐的一支。

可是这看似鼓舞人心的荣誉，其实连着一段悲剧性的历史，那便是由清末实行的“屯田养勇”制所造成的“全民皆兵”的畸形社会形态下凤凰人的生活。

我们已经知道了三百八十华里的苗防边墙共连接着汛堡屯卡碉楼炮台关

门一千几百座，其中凤凰境内修筑了八百余座，以每个据点驻防十人计，就得万儿八千的兵员，也就是说每年必须花上八万余两白银六千余石粮食来养兵。于是凤凰厅知事傅鼐为了朝廷的利益献上“屯田养勇”之策，通战乱后无主土地充公，地主土地按比例上缴，各县土地互相调剂等多种手段，征得屯田六万亩。其中凤凰占有三万亩，养屯丁四千，战丁一千，苗兵二千，共计七千人之多，加上朝廷绿营总镇约四千人的兵额，全凤凰十万左右的人口有一万人常年兵役在身，比例高得惊人。屯丁分田到户，且耕且守，战丁专事操练，由屯田佃租中拨粮关饷，数以万计的凤凰人就这样被屯田的绳索牵在朝廷的战车上，以致使当兵吃粮成了世代传统。凡有兵役的人家门口，都钉上一块白木小牌，上边用红字记有服役人的姓名、年岁和身份。在街头巷尾一路看过去，几乎家家都有这么一块“光荣牌”，并可按月各自到营上领取一份银子和一份口粮。

“地皆屯田，民皆兵籍”的状况，断绝了凤凰人另操他业的一切通道，只剩下以血肉之躯来换取生活这一条路子可走。他们长期生活在封闭的小天地里，无大望所期亦无大功可立，傅鼐们不过“啖之以薄利，宠之以虚荣”，施用蝇头小利就把他们管得服服帖帖。然而对这种可悲可叹的命运，大多数凤凰人浑然不觉，相反还以狂热和张扬的姿态沉湎其中。

咸丰元年（公元 1851 年），洪秀全的太平天国闹得清廷不可开交，曾国藩率领湘军与长毛反贼太平军交战，给了长期以来养无用武之地的凤凰军人一个轰轰烈烈青史留名的机会。因当时凤凰被称为镇筸，它的子弟军团故又称“筸军”。

卖马草出身，靠拼命立下赫赫战功，二十四岁便官封贵州提督并诏授钦差大臣的田兴恕是筸军的代表人物。因出身贫寒家庭，田兴恕自小不曾读书，十六岁从军伊始，便开去长沙与太平军作战，不惜性命，很被湘军将领左宗棠提拔做了抚台武巡捕，并命其组织以凤凰人为主的一百多兵丁，命名为“虎威营”，前去解除太平军对浏阳县城的围困。浏阳危机解除之后，这支军队在田兴恕率领下，继续转战湖南、湖北、江西、浙江、江苏、福建、安徽、河南、广东、广西、云南、贵州各省，所向披靡，进而被命名为“虎威常胜军”。这些兵勇喜欢在左臂刺上“虎威常胜军”的青字，攻城格斗时，常赤裸左臂，挥

古城北门（1982）

壁画上的草根将军（2001）

刀跃马，自家人互相呼应鼓舞士气，敌方则见之丧胆。后来湘军攻打太平天国都城天京，田兴恕与同乡人张文德等带头爬上城墙充当攻城尖兵，庆功领赏时，凤凰官兵两人升为提督，六人升做总兵，另有副将九人，参将十一人。凯旋之日，这些人带着朝廷赏赐的黄金白银绫罗绸缎，带着从天京王府里掠来的古玩家私衣锦还乡，前呼后拥吆三喝四，那叫一个光宗耀祖扬眉吐气。留在闭塞小城驻守老营的兵丁对这些一步登天的兄弟内心是何等羡慕，思来想去，认准了只要冲出凤凰，满世界去厮杀，提督、巡抚的花翎说不定也有机会顶上一回。

假使以性命拼得了一官半职，晚年解甲归田，居家纳福，则可以蓑衣斗笠垂钓春江，擎苍牵黄狩猎秋野，曾经沧海之人，凡事不在心上亦不在话下。一个退役的二品参将，在路上遇到凤凰厅知事下乡巡视，坐而视之，满不在乎，被当差的小子喝道，本厅知事在此路过还不回避，该打屁股。这位退役的爷说，我的屁股你是打不得的。县官在轿中听见有人口出狂言，知道其中必有原因，忙下轿来打望，得知其身份时，反而向他道歉。军队和战兵在这座小城的地位可见一斑。还有些并不走运的筸军官兵，一生以青年时代的骁勇气概为荣，倘若不曾战死沙场，也不曾以战功换取红绿顶戴花翎，到了年老体衰之时孑然一身甚或沦落为乞丐，尚要寻找机会将左臂上的刺青亮上一亮，对孩子们摆一摆爷爷当年灭“长毛”时何等英雄荣耀。

如此这般，凤凰人尚武成习就毫不奇怪了。当本城还处在边防要塞位置的时候，军旅的粗犷气质影响着一代又一代的小城人口。孩子们从小就习惯了看兵营里的士兵舞枪弄棒，喜欢看大人猎取野猪或豹子宰杀了来分肉，喜欢看杀人割下耳朵挂在墙上，还喜欢看宗族家长把不守妇道的年轻媳妇绑来沉潭。他们在这样的环境里长大，唯一可以想到的发达之路就是当兵吃粮，靠了自己的不怕苦和不惜命混出人样，成了一名军官，甚至成了大官，然后衣锦还乡。还没长到桌子高，他们就已经在稚气十足的游戏里，自封为将帅，弄得街头巷尾冲冲杀杀喊声一片。这些孩子等不到成人就入了伍，筸军里多了一个懵懵懂懂的新兵，家中的饭桌上也少了一张永远填不饱的嘴巴。年轻的凤凰兵被崇尚武功的强大传统裹挟，带着对锦绣前程的无限向往，在战场上拼死奋战，甚至把一腔热血都喷洒在异乡的土地，也无怨无悔。

随着凤凰人走出去的机会越来越多，眼界渐渐开阔，情况就有些不同。一些身经百战却大难不死的人们，凭了九死一生的经历，换取顶戴花翎之后，回到在营帐在马背在兵戎相见的战场不能释怀的家乡，但觉景物依旧人事全非，有多少一同出征的伙伴已经战死沙场再也不能回来，而他们活生生的面容和身影却在故乡的街市田野呼之欲出。他们走了，留下老父老母寡妻孤儿在饥寒交迫中挣扎，无可依靠。死者长已矣，生者也难免生出一丝后怕，倘若有一丁半子，除非不得已，未必还想让他子承父业。日后成为国民政府内阁总理兼总财长的熊希龄，之所以生在凤凰城的军旅世家却走了一条学优而仕的道路，正跟他的父亲有感于战争的残酷和军人命运的无常，一心要让儿子走不同于一般凤凰人所走的道路有直接关系。

熊希龄的父亲熊兆祥是筸军的一位中下级军官，在晚清末年的多年征战中，他目睹了在外国列强的侵略面前清朝廷的软弱与清军队的无能，认为到了儿子这一代再像自己这样，靠匹夫之勇出人头地光耀门庭，已经难而又难，于是颇有些重文轻武思想，对科举之道心向往之。体现在对儿子的教导上，则是让他弃武业文，熟读孔孟经典，同时练字习画。终于是苍天不负苦心，把儿子送上了虽说坎坷却大有声色的仕途。成年后的熊希龄，“人格里实蕴蓄了儒墨各三分，加上四分民主维新思想，综合而成，可以说是新时代一个伟大政治家，其一生政治活动，实作成了晚清渡过民初政治经济的桥梁”（沈从文语）。

还有一些有识之士，逐渐感到了国家的积弱积贫和家乡的文化落后，开始慷慨解囊并呼吁本地官绅捐资兴学，培养地方上有用的后生之才。任职贵东兵备道的凤凰人吴自发，从无处发放的阵亡将士薪饷中拨出白银八万两，令心腹运送回原籍，要求地方父老按蓝图修建书院，旨在为交通闭塞文化落后的家乡培养人才，同时慰藉殒命将士的在天之灵。该书院建成后由当地士绅组成董事会进行管理，聘请有声望的人士为山长、业师。生童分高初两等，按当时科试规定开设课业，培养科举人才是一个重要目的。为鼓励生童认真读书，力求上进，还设置多种奖学金。

即使有学优则仕的榜样在前，凤凰人崇尚武功的心并未因此彻底泯灭，两者结合在一起就形成了一股投考军校的热潮。清末民国，无论长沙武备学堂、云南讲武堂、广州黄埔军校还是日本士官学校，都有凤凰学员的注册名单。那时酉水与沅水流域各处大小码头，两个凤凰男子在上下水的木船上隔了船帮相见，互相打个招呼，很可能出现这样的对话。

上水的问：“吃粮去？到哪里？”

下水的答：“我娘舅写信介绍我去长沙的武备学堂，读了兵法再说。”

上水的不以为然：“吃粮就吃粮，还有那许多说道，我家从我爷爷到我爹爹和大伯，有谁进过武学堂，还不是照样做官，要吃粮全靠拼得命就行了。”

下水的说：“那是什么时候的事，如今的武学堂都仿照西法设的课程，听说不只要学军制学、战术学、城垒学、地形学，学马术、剑术、工程等等，还要学算学、东洋文和汉文，功课差不多有三十门呢。”

见上水的已经被镇住不再出声，下水的也就越发张狂了些个，继续卖弄说："你以为新军里还像过去靠耍大刀片子就能逞得英雄了？如今练的使的都是新式武器，不学能会？不会能打仗？爷爷辈子的规矩现时行不通了。"

话说得重了就有些伤面子，上水的装作船隔得远了听不清下水的还在说些什么，作一个揖算是告别，匆匆扭过脸去，心里却不免受到某种诱惑，开始盘算回得家去也要想个法子交了这弄船经商的差，去下边的大城市里读个武学堂来成就事业。

比起他们只有匹夫之勇的前辈，凤凰人总算有了些进步，开始谈论"不战而屈人之兵""怒而师兴兵之大忌"一类的兵法，认为"兵事为儒学之至精，非寻常士流所能几及"。做个有勇有识的儒将，上马能提刀杀敌，下马可训教士卒，才是更高层次的军旅人生。可是无论如何，他们自我肯定的自信心，他们自我欣赏的本钱，全都来自前辈在军功方面的杰出业绩。仅在清道光二十年（公元 1840 年）至光绪元年（公元 1875 年）的三十多年间，这座小城就出了四十三名提督、总兵级将军，三十一名副将级将军，三十一名参将级将军，七十三名游击从三品以上的将军。民国时期，又出了七名中将，三十名少将。

熊希龄故居（2013）

筸军在鸦片战争、辛亥革命、护国护法、国内革命战争、抗日战争中都有激动人心的表演。是大大小小的战争在凤凰这座小山城里，制造了许多的军人世家，制造了凤凰人特殊的地方荣誉感。他们怎么可能轻易放弃自己的传统呢?

这个看起来荣耀无比的传统捆住了凤凰人的手脚，而带来的远不是只有福音，只有荣誉。纵使是在 1937 年 11 月发生在抗日战争松沪前线的嘉善阻击战，这场凤凰军人出演的筸军历史上最为惊天地泣鬼神，直到今天都不能也不可能被忘却的壮剧中，他们的命运仍然是悲壮与惨烈的。

那年秋天，以凤凰籍官兵为主组成的国民革命军第一二八师，由师长顾家齐率领奔赴浙江嘉善狙击侵华日军第六、第八两个军团。该师驻防湘西多年，既非蒋介石嫡系部队，又不属于湖南军阀何健的湘军序列，装备的武器除了汉阳造步枪，其余都是本地小型兵工厂所产凤凰造轻重机枪，一经与日军交火，立刻显出装备的劣势，进入阵地的第二天，守卫枫泾的一个连的官兵就已经全部壮烈牺牲。喋血苦战的七昼夜，他们前赴后继与敌人在阵地上拉锯，白天日寇凭恃强大炮火控制的阵地，一到夜晚又被我军靠肉搏白刃战夺了回来。敢死队每人一把马刀，在深秋的寒夜中以赤膊为记号，摸到穿衣服的，一律挥刀而斩。一二八师因超限完成了任务，受到国民党最高统帅部的明令嘉奖并颁发奖金四万银元，嘉善一带被誉为“中国的马其诺防线”。然而这一战，使全师伤亡官兵二千八百余人，达四分之三，全师连以上军官亦伤亡过半。

在以后的南昌保卫、宜昌反攻、荆沙争夺、长沙会战以及洞庭湖南岸的据点争夺等一系列抗日战役中，每一硬仗苦战都有筸军加入，而每当性命攸关的时刻，师长顾家齐鼓舞他的部下冲锋陷阵直到献出生命的口号都简单得让人吃惊：“兄弟们，顶上去！不要丢凤凰人的丑！”“这是和日本人打仗，不管如何得打下去！”

不要丢凤凰人的丑！这位凤凰籍的指挥官太懂得自己的兵了。历史在凤凰人心中沉淀了一份近乎夜郎自大的自豪自信，也孕育了他们对家乡荣誉特别爱惜的感情。维护家乡荣誉被视为大义，顽敌当前就成了行为一致性和强烈内聚力的保证。古兵法曰：“唯义可以怒士，士以义怒，可与为战。”凭着这么一声吆喝，官兵就飞蛾扑火一般冲上了敌人用机枪和重炮踞守的区域，用血肉之躯铺就了一条进攻的通道。

不管如何得打下去！凤凰人就是这么天真和忠诚。他们从来不曾想自己的部队因为不是国民党的嫡系，在会战最吃紧的阶段也得不到增援，更不曾想到蒋委员长用的是一箭双雕之计，既派他们抗击日军，又借得日军之手排除异己。

汗马功劳并没有改变这支英雄部队的厄运，第二年夏天沽塘一仗，一二八师因减员严重而失利，师长顾家齐被押送武汉军事法庭受审，虽审判最终的判词是“一二八师据守沽塘，官兵奋战不遗余力，然因死伤过半，装备大部被毁，无力阻止敌寇登陆，师长顾家齐被判无罪”，但部队番号被永远撤销，部队编成三个团，分别编入三个不同的师，校官以上军官一律遣散。顾师长被释放后顶了七十军一个空头副军长的衔，郁闷万分地寓居长沙，一直不肯回凤凰，觉得无颜见家乡父老。

1939 年，以筸军为主的湘西部队被编为国民军暂五师和暂六师，其中包括一二八师所遗嘉善、沽塘两战幸存的士兵。他们跟国民党嫡系部队一同作战和流血，军饷却被克扣去一半，还动不动被人称作“土蛮悍苗”，甚至“湘西

隔江眺望万寿宫（1982）

土匪兵”。他们是为了国家的尊严而战，可他们家乡的尊严和自己的尊严却被粗暴地践踏。然而被救国意识和家乡荣誉双重的勇气支持着，他们继续浴血奋战，并一次次向家乡伸出求援之手。部队伤亡惨重的时候，明知道家乡已经担负不了减员的重任，仍然不断回乡补充兵源。每一批新应征的子弟离开家乡去为国家征战的时候，家乡父老总要在城门口打出“筸军出征，中国不亡”一类鼓舞士气的横幅为他们送行。尽管那些在风中翻飞的旌旗下边，一张张皱纹满布的脸上充满了绝望的悲戚之色，而戴了孝的少妇和孩子红肿的眼睛中泪水还未消止，他们仍在义无反顾地送别，送别。

有一首署名滕兴杰的《满江红》词，出自抗日时期的凤凰将士之手，作者的身份和下落已经无从查找，但每一个字都明明白白体现着筸军的气质，讲述着筸军的遭遇，读了让人敬佩同时也心酸：

韶光飞逝，最可怕白发盈头。叹身世，单枪匹马，壮志未酬。天涯飘零三千里，寥落戎行忽四秋。人世间，辛酸残酷味，遍尝足。

小楼梦，不堪留，山河陷，望谁收，孤臣热泪，浩气贯牛斗。复光祖国男儿愿，民国方殷杰士忧，统貔貅，驱倭榆关外，柱中流。

抗战前夕的凤凰县城，大约不到一万户人家，却拥有三千左右连排下级军官，以及五个师的兵力储备。经过八年殊死征战，到了抗日战争胜利之后的1945年，凤凰城二十五岁以下的男丁死伤数目惊人，至少有三千位少妇守了寡，上万父母白发人送黑发人老无所依。战争胜利使得全国经济趋于复苏，各大小城镇重新开始繁荣起来的时候，凤凰仍旧是座鳏寡孤独之城，一片凋零萧条的气象。可是凤凰人似乎对这样的不幸习以为常，上百年间不断的兵役与战事让他们习惯了默默然近乎麻木地承受这一切。

拿起你的枪，快快儿赴前方！和这恶虎狼拼命地战一场。告诉你母亲，莫悲伤莫悲伤！等到我们打胜了，洋洋得意回故乡。炮弹儿飞来，莫回避！我们肝脑涂地也愿意！只要报国仇，出了这口气，冲过去，冲过去！

——一二八师抗战歌词《勉战士》

济世心与自治梦

今天坐惯了汽车、火车，甚至把波音飞机当的士搭的游客，大约怎么也想不到，他们眼下的这座山城，在公元 1957 年之前还不曾有公路相通。以县城沱江镇为中心向四方辐射，仅有用碎石或岩板铺就的人行古道，崎岖难行。通往苗乡山寨的道路，更是只容得一人行走的羊肠小道，贴峭壁沿山脊延伸，一脚踏空，下边就是万丈深渊，行路人“对面讲话听得见，见面要走大半天”。陆路物资运输，全靠人力挑运，时称“挑脚”。山高路险，虎豹和土匪出没无常，挑夫肩挑背负不但千辛万苦，生命亦无保障。20 世纪 20 年代，地方上有人建议修筑公路，镇守一方的“湘西王”陈渠珍正在推行自治政策，怕因此引狼入室，认为此议不识时务，拖延下来。直到新中国成立后的 1957 年，才修通吉（首）凤、凤铜（仁）两条公路。

这么一个天高皇帝远的荒僻之地，因了有一支长年在外边东征西战的筸军，跟本来遥不可及的政治产生了联系，这种联系又因为与子弟兵们的性命相关，变得血肉相通。于是很自然，近代史上的凤凰人无时无刻不在关注逐鹿中原的各路枭雄，参与天下改朝换代的大事情，从戊戌变法到辛亥革命，他们不肯放过任何咤叱时代风云的机会，冷眼看别人创造历史。

1894 年是令每个中国人沉痛难堪的甲午年，清军在朝鲜战事和黄海海战中与日本侵略军作战，都遭到失败。国事危急，清朝廷达官显贵，仍醉生梦死，在黄极大殿大搞慈禧六十岁寿辰庆典，前线雪片似飞来的告急电报却无人理会。刚在北京的殿试得中进士，又被光绪皇帝选为“点翰林”的凤凰年轻才子熊希龄，正埋头于儒家经典，准备下一科散馆的考试，“睹清政不纲，外侮日急”的情势，受到很大的刺激，刚刚踏上仕途的喜悦荡然无存。

老屋（1982）

第二年4月，中国与日本签订了丧权辱国的《马关条约》，中国赔偿白银二万万两，并割让台湾与辽东半岛给日本，使民族危机空前严重。5月，康有为、梁启超趁各省举人赴北京应试的机会，发起了著名的“公车上书”，要求变法维新，虽被拒绝代呈，但在很大程度上宣传了变法维新思想，也使熊希龄的思想发生了根本性的变化，看到在八股文和翰林院费尽琢磨对国计民生毫无益处，也开始投身变法维新活动，几次上书，反对甲午战争后朝廷向日本妥协的外交政策，奏曰：“圣朝以数十倍之地，屈膝东洋倭寇之谬种，导致列强之觊觎，蓄瓜分之举，不亦惑乎？馈外而力亏，实乃养虎遗患也。以其坐而待亡，孰若庶政革新。与列强比埒，乃为上策。”表示自己“愿与爱国同仁，鞠躬尽瘁，临危效义，以拯吾国”。他的一番慷慨陈词，被封建守旧大臣斥为“妄言以害国，欲毁二百年圣祖之基业”。

晚清人才唯湘楚为盛，自甲午战争后，湖南各路精英幡然反省横亘胸臆的忠君卫道意识，从对所有新事物、新观念无不深闭固拒的状态中走出来，接纳新党人的新学说，一时发展为比其他省份都狂热的政治革新运动。与江浙一带知识分子对器物与技术革新的敏感有所不同的是，湖南人更倾心于精神与思想的变革，并在数年之间锋芒毕露成就辉煌。在这种大背景下，熊希龄结识了谭嗣同、唐才常等一些湘籍爱国义士，随着新党对湖南的影响与日俱增，熊希龄也成为其中重要一员。

1898年光绪皇帝颁布一系列维新变法的命令，破格起用人才，先后召谭嗣同、梁启超等人入京，熊希龄也在奉诏入京之列。进京途中，熊希龄突发急病滞留旅途，未及病愈，戊戌政变已经发生，谭嗣同等人被杀害，熊希龄也被清政府“革职永不叙用，并交地方官严加管束”。直到辛亥革命成功之后，熊希龄才重新出山。

辛亥年十月武昌首义告捷，湖南革命党人应声而起，在长沙成立“中华民国军政府”，发布《中华民国湖南军政府讨满清檄文》和《湖南军政府告示》，并通电各道府州县，闭塞的凤凰城也得知了这个消息。本地的革命党田应全等人与城外哥老会首领唐力臣联手，组织光复军，约定农历十一月二十八日拂晓起事。消息一出，四乡民众闻风而动，距起义时间尚有一月之久，离凤凰厅城仅十华里的长宜哨山沟里，已经聚集了五千多人。唐力臣等怕走漏风声，在未与城中内应联系的情况下，于十月二十七日午夜提前举义。光复军分三路攻打凤凰厅城，冒着守城清军的居高临下射来的密集子弹，凭借竹篁和云梯强行爬上墙垛，城内却无援兵接应。结果三路人马中，西门一队全部牺牲，东门一队亦伤亡惨重，北门方面行动稍后，闻各方枪声大作，又与其他两路人马失去了联络，只好主动撤退。这一战光复军损失近千人之多。根据 1913 年建立的《辛亥革命烈士纪念碑》碑文记载："所遭骈诛之惨，城北溪水为之赤。"省城长沙的光复，新军兵不血刃一举夺城，而为了凤凰这个小小厅城的光复反倒有成百上千义军牺牲，当时在湖南全省尚属独一无二。

国家大势起伏动荡，正如一条巨浪翻滚的长河，将凤凰城社会生活的小船推向巅峰又摔入谷底，凤凰人虽使出了浑身解数，不但不能在历史舞台上找到让自己感到满意的位置，反而更感到了自身命运的舛变莫测，兼济天下的救世之心大受挫伤。既然豁出了性命仍然当不上时代聚光灯下的主角，何不退回自己地盘上图个地方安靖呢？篁军首领陈渠珍眼见各系大军阀们用"文治武功"制约着湘西的前途，长期混战割据又让湘西军人在大军阀势力的夹缝中左右奔突无所适从，认为"非自治无以自强"，提出"保境安民"的自治方针，以为"十年生息，十年建设，励精图治，则可将百孔千疮之湘西治理成为富庶之邦"，从 1920 年起开始了为期近二十年，并且几起几落的湘西自治时期，陈渠珍本人也成了著名的"湘西王"，是湘西地方家喻户晓的人物。

其实陈渠珍的湘西独立自治之梦由来已久。1915 年袁世凯窃国称帝，湖南人蔡锷在云南组织护国军通电全国讨袁，并率军北伐，袁世凯亦派军队南下堵截，出于战事需要，双方都要争取时任湘西镇守使的篁军头目田应诏。田举棋不定之时，听取了幕僚陈渠珍"暂守中立，坐观成败，以收渔利"建议，一边向北军表示忠诚，一边与南军暗通，结果在南北战争中大发国难财，北军败走之后，所遗枪弹装备大大强壮了篁军的力量。次年年初，袁世凯任命熊希龄为宣慰使，派其回湘西维持残局。熊对袁早已十分不满，回乡后反而积极开始

通往腊尔山的道路多悬崖峭壁（1982）

反袁活动，策划湘西独立，并致电袁世凯要求撤退北军，撤销帝制。此时陈渠珍又向田应诏献上一策说：“当前虽已南北停战，实则双方都在喘息。今日停战，乃为明日大战，大战一打，湘西又成战场，与其附人骥尾，不如自己宣布独立。军门拥有雄兵数千，地辖几县，三军用命，百姓同心。况且山区天险，民团骤起，军门讨袁义旗一举，莫不望风归来。天时、地利、人和三者俱备，再不举事，更待何时？”田应诏再次依计而行，在凤凰召开大会宣布湘西独立，自任湘西护国军总司令，并通电全国。护国军总司令蔡锷得到消息后，称赞田“关怀大局，虑远思深”，并不知道田应诏的两次决定前程的选择，均出自手下的一个参谋。

几年后，当陈渠珍以湘西靖国联军第一军军长的身份，统领了整个湘西，山西军阀阎锡山也正把本省的自治运动搞得热火朝天，以“村本政治”强化基层，设立村公所、息讼会、监察会、人民会议等机构，对贩卖吸食毒品、窝娼、聚赌、偷盗、斗殴、游手好闲、忤逆不孝之辈进行感化教育。同时推行六政三事：水利、种树、蚕桑、禁烟、天足、剪发以及种棉、护林、畜牧，土地实行公有私种。还成立保卫团，对青年进行军事训练，开办制造枪弹的小型军火工厂。陈渠珍派员前去考察之后，大为兴奋，取其精要结合湘西本地情况，提出五大举措：一是继续剿匪，安定民心；二是革新政治，实行自治；三是兴办学校，培育人才；四是清理屯税，广集钱粮；五是调选官吏，唯才是用。其中更以兴办教育为“当务之急”。

鉴于乡人过于崇尚武力，陈渠珍就教化发表演讲说：“从来武力不足恃，秦始皇武功盖世，不二世而亡；楚项羽百战百胜，亦自刎而死。故兵法有云，‘不战而屈人之兵，上之上者也。’为正人之道，以教化为大，教化立而奸邪并出。目前必须偃武修文，与民休息，渐民以仁，摩民以谊，节民以礼。否则，法出而奸生，令下而诈起，如以汤止沸，抱薪救火。故办乡自治，设学校是当务之急，一心一德，方可共襄盛举。”于是规定凡无小学的乡村必须新办一所并附设平民补习学校，凡六岁以上儿童不肯入学者，先劝导后罚款，直至强迫入学。限期改私塾为新式学校，停止讲授《论语》《三字经》等旧课本，改用

传统生活方式仍在沿用（2013）

新的教科书。每年挑选六名品学兼优而又无力升学的学生，派往国内外高等学府深造，临行都是他本人一个个“面谕”，大加勉励，并予经济资抚。这些孩子中，就包括后来享誉中外的文学家沈从文。

20 世纪 30 年代，作为自治运动的一部分，凤凰县着重开展民众教育工作，开设了图书馆，陈渠珍向图书馆捐赠了《万有文库》和《四库全书》。1937 年图书馆内设立民众教育馆，开放书报阅览室，供民众阅读；开办民众学校，劝导成人文盲或半文盲入校脱盲，教授珠算和民众学校课本知识，学习期限为三个月或半年，学生灯油课本费用由该馆供给；收听广播新闻，编写壁报张贴于县城交通要道；附设民众代笔处，为民众义务写书信，并替抗日阵亡烈属填写请领抚恤册表；不定期举行通俗讲演，宣传法令；不定期举办各种文体活动，逢节日还要组织民众公演戏剧和组织运动会。这一切都是在抗战期间法币贬值，职员们生活几乎不能维持最低生活水平的情况下进行的。如今在凤凰城走访普通人家，粗通诗词歌赋水墨丹青一类的人并不少见。一个地方的民风教化，并非止于出几个名字被外界叫得响亮的俊才，更体现在这种对生活其中的人们可熏可染的氛围。凤凰人的祖辈在这方面的觉悟，使其后代受益匪浅。

自治之下的湘西，极像一个寄生于薄薄硬壳之下的软体动物，虽然把些细细的触角努力伸出去汲取养分，但并不能因此真正变得强大有力。自治的确给地方带来了休养生息的机会，可一到各派政治军事势力的争斗白热化，别说保境安民，就连陈渠珍本人的地位也朝不保夕。紧随着陈渠珍在国民党官场上的起起落落，湘西的民生状态也起起落落。对于陈渠珍来说，湘西是他在得意之时施展政治才能的舞台，也是他在失意之后心灵的庇护所，他在这儿涂炭过生灵也造福于地方。醉心自治的时期，他剿匪安民，为争权夺利的需要，他纵匪为害。他瞪着一对朱砂色的眼珠子，说杀人就杀人，遇着灾年他又开仓施粥赈济百姓。湘西包容着他，包容了他行过的善与作过的恶，并给了他成就事业的谋略与胆量。陈渠珍一直以总角之年业师赠与他的苏东坡《留侯论》中的警句为座右铭：“天下有大勇者，猝然临之而不惊，无故加之而不怒。此其所挟持者甚大，而其志甚远也。”对湘西而言，陈渠珍自认为自己尽心尽力报答过它了。凤凰城的天王庙里，还存有陈渠珍题写的一块石碑，上书“勉成国器”四字，不曾写有年份，故亦不好推断它的含义。若是出自青年陈渠珍之手，或可认作勉励自己以成国之大器之意，若是出于老年陈渠珍之手，便可以为是总结了自己的一生，觉得自己勉强算是成就了国家大器的意思。然不管前者与后者，都可见此人的抱负和雄心。

凤凰人一直在渴望被外界接纳与认可，然无论是向外奔突还是向内收缩，都是为了给自己争得一席之地，陈渠珍在某种程度上实现了他们的意愿。20个世纪二三十年代，这座小城俨然成了湘西这个独立王国的“首都”，被人称为“小南京”。在离陈渠珍殁去又过了五十年的今天，在他的家乡问起关于湘西自治这段历史时，他那些七老八十的乡亲总是带着几分得意的神色，绘声绘

文昌阁小学（2013）

色地讲述凤凰昔日的“首都”气派，同时毫不隐晦对这个亦官亦匪亦儒亦侠的“湘西王”一片钦佩之情。

> 长时间以来，人们对陈渠珍的看法并不完全一致，有褒有贬，一般是贬多于褒。鉴于他长时间统领湘西，谁都莫奈他何，俨然一个独立王国，因而称之为“湘西王”。
>
> ——吴官林：《〈陈渠珍〉前言》

长长的河，长长的街

穿凤凰城而过的沱江，是县境内最大的河流，发源于云贵高原东部腊尔山台地，上有二源：北源乌巢河，南源龙塘河，在凤凰县境内满江处汇流成为武水水系二级支流。

沱江从凤凰县往东北方向流去，在今称吉首旧称乾城的所里与另一支小河泸溪相汇，再往东，在泸溪县与沅水同流。所经地域群山高耸，河床两岸古树掩日，而河底部多是乱石险滩，水流湍急清可见底，沿途水性凶猛，河身又不宽大，倘若没有过人的胆量和能力，断不敢在这样的水路上弄船。

作为凤凰通往外界的唯一水路，这条河自然格外重要。

凤凰城中屯丁戍卒人数逾万，加之随军家属从外地不断移入，对日用消费商品需求旺盛；四乡的苗民除耕地种田之外，只知道当兵吃粮，从不知满山的桐油、茶叶、木材、竹、棕、药材，以及地下矿藏的珍贵，使这个地方蕴藏了巨大商业资源。可是凤凰人对此视而不见，他们的眼睛永远只盯着城里那些朱墙青瓦的深门大院，盯着祠堂的门楣上“太子少保”“钦差大臣”“贵州巡抚”“提督军门”的金匾。凤凰人尚武崇文，就是不懂得经商也不屑于经商。无论是世家子弟还是贫家后生，一代代被军功与仕途鼓舞着，怀着一颗颗建功立业的心，到外边的世界去寻求精彩的人生。

就在凤凰男子背着小小的布包袱走下码头的时候，与另一些背着小小的包袱走上码头的外地人擦肩而过。这些人风尘仆仆粗衣布履，上得岸来逢人就送上讨好的微笑，把小包袱里的针头线脑烟袋木梳一类的小东小西掏出来，换得仅够糊口的粮食仅能栖身的屋脚。在大志于胸的凤凰男人眼里，这些家伙不过是为蝇头小利忙碌不休的可怜虫，不光哈哈一笑接纳他们，还以某种慷慨豪爽的姿态帮衬着他们的小生意。讨价还价是凤凰男人不太情愿做的事，买卖之下，赚个大方痛快的名声比抠回几文不中用的小钱要吸引人得多。向他人施舍同情的感觉真是太诱人了，何况对方是千里迢迢从江西福建投奔到自己的地盘上来的呢？凤凰人听任他们在东城门对岸那块叫作沙湾的荒凉地方落了脚，拖亲带友成群结伙在那儿搭棚子盖茅屋，过起生儿育女的小日子来，这儿的一切似乎跟凤凰本地人并无多少瓜葛。对生活中这个不能说不重大的变化，粗心大意的凤凰原住民毫不经意。

这个地方的民风太有利于外来的移民生存了，后来居上的江西人尤其懂得其中奥妙。你不是陶醉于居高临下施舍的感觉吗，我就恭恭敬敬接受给你施舍的机会。你不是处处要显示大刀阔斧的英雄气概吗，我就用精打细算的小家子气质来陪衬你的高大。江西人有他们自己的经商诀窍，锱铢必较同时童叟无欺，细心周到同时步步为营，就像一些挠痒痒的专家，把你的痒处挠得舒舒服服，然后舒舒服服留下银子走人。等到江西人像细雨润物那样，不声不响渗入到凤凰社会的每一个角落里，让凤凰人觉得离了他们，自己的生活将过得不成样子的时候，沙湾一带早就旧貌换了新颜，成了江西人的天下了。《凤凰厅志》厅城图上便有一处“江西街”，可见当时江西人在凤凰已成气候。

水门口是凤凰最早的商业码头，相传已有三百年历史，从清光绪十年（公元 1885 年）起，渐渐成为进出此城的货物集散地。外地商贾们从常德上了绸布花纱、金银首饰、淮盐浙醋、面粉白糖、煤油药品等日用消费品，租了船上水运到这里，又将就地收购的桐油牛皮、朱砂水银、烟草苎麻、硝碱生漆，还有鸦片烟土等土特产品下水运出去。这些俗称“上水货”“下水货”的船只几进几出之后，凤凰人口袋里银子流入了外乡人的钱匣子，原来的小商小贩壮大成长途贩运和坐店销售双料的商号。“来时一把伞，走时大老板”，还有更多的人家干脆留在凤凰不走了，不光留下自己还留下了子孙。凤凰人目瞪口呆地眼看着外来的客商们奇迹般的爆发，梦如初醒。

从水门口码头往下游不远处，是万寿宫、遐昌阁、万名塔一组建筑群，也是沱江上最具起伏错落之美的造型。其中万寿宫在凤凰县的历史上曾有过重要的地位，它的兴衰也跟城中江西移民的活动息息相关。万寿宫作为江西同乡会会址，其精致讲究至今还可让人窥见当年富有显赫的气象。正殿左厢有尚公殿、晏公殿、财神殿、账房、厨房，右厢是天符、雷祖、轩辕、观音等神殿。正殿对面的品字形大戏台，由二十根立在石鼓上巨大圆木支撑，屋面三层三檐，两边钟楼鼓楼，绘有各种彩色花卉人物，堪称传统建筑工艺之精粹。咸丰四年（公元 1854 年）秋，又在正殿南侧修建遐昌阁，加之 1929 年时任湖南第一警备军司令的陈渠珍，责成商会会长动用会馆基金兴建的临江阳楼，万寿宫建筑群总面积达到四千多平方米，兴盛一时。这里每年都举办“盂兰会”“厘金会”等活动，大办筵席。席位多少以缴纳厘金税金多少为准，少则数十桌，多则百余席，凡属江西同乡，均可无偿享用流水席。逢遇灾年，江西同乡会还施粥赈灾，救济凤凰城里的灾民，故有“天王庙的匾，万寿宫的碗”之说。

这真是三十年河东三十年河西，乾坤颠倒啦。江西人从此成了外乡暴发户的统称。

沙湾一带就别去说它了，要命的是江西人还把一只脚跨到凤凰城里边来了。在城内以道台衙门所在地道门口为中心向四方放射的街道，往东的东正街、往西的县正街、往南的南门坨、往北的登瀛街，还有东门内的十字街，开满了种类繁多的店铺，光那些花花绿绿的招牌就够人们研究一阵子。细分起来，什么类别用什么字底命名，有各有规矩，共分为泰字底、昌字底、和字底、祥字底、丰字底、兴字底、顺字底、茂字底、盛字底、隆字底、春字底、元字底、福字底、生字底、云字底、堂字底、亨字底、庆字底、华字底、记字底二十多类，有人用二十个吉祥字眼归纳了近百年来凤凰城商号的招牌，不外乎“泰云昌茂盛，兴隆厚远祥，仁丰亨顺记，春和庆华堂”。花纱绸布商号用“祥”“昌”“泰”，如庆丰祥、杨源昌、裴元泰；南杂油盐店用“丰”“厚”“源”，如熊寿丰、包元厚、锦兴源；金银首饰店用“华”字底，如文聚华、杜茂华、孙庆华；糖果糕点铺用“利”“斋”，如同生利、长春斋；药铺均用“堂”如育德堂、长寿堂、天生堂；客栈伙铺多用“顺”，如龙恒顺、舒和顺、高兴顺；百货商店用“元”“昌”“泰”，如熊培元、张士昌、郑云泰等等。也有仅用两个字命名的印刷书纸店如凤鸣、瑞文、大智，或酱园铺如同春、大丰、义诚。内行的人还可以从招牌看出各商店不同的经营方式，招牌上边没有姓氏的，多为合股经营，如永康祥、民豪、光华；有姓氏的，全是独资经营的，如裴三星，王福丰，熊正记；也有的用店主的姓和名各一字，再加上一个吉祥字底，如王仁丰商号的店主叫王名仁，裴祥泰布店的老板叫裴延祥。另有一家格外特别，一度为本城最大商号的孙森万柏记号，创史人名叫孙柏林，至于他的商号为何哪个系列都未入，招牌上边森万二字是什么含义，连他的后人也说不清。挂着各种质地招牌的商号，门面有的富丽有的古朴，有的小巧有的硕大，显各家财力也见掌柜的性情。小小的凤凰城一度被它们装点得旌摇幡飞，街市上人头攒动摩肩接踵，一派繁荣景象。

在北京的官场南京的战场上尚不甘示弱，赌起狠来连命都不惜的凤凰人，没想到把船翻在自己家门口的阴沟里，一来二去在横招牌竖匾额下边作起了磨针修伞织篁子打豆腐剃头打铁一类的小营生，捡的全是江西人发后家不屑一顾的剩余。随凤凰的军事要津地位下降，当兵吃粮的路子越走越窄，年轻人对军旅生涯渐渐厌倦，竟把浑身气力贡献到江西人的货船上去了。西水沅水滩多浪险，正好给了这些无用武之地的英雄释放能量的机会。这些运货的船只都打造得船头窄小船舷低平，以致在水中小有磕碰也并无关系，人们称其为“峒河船”。峒河船上的水手，多为五短身材，动作非常灵敏，谙熟水性，行船时拉开嗓子唱上几天也不曾哑了，到了常德那样的大码头，把船靠了帮反倒安静甚至有些羞怯起来。不像从长江穿越洞庭湖而来的三桅大船上的水手们，个个高大强壮，一靠码头就成群结伙喝酒、打牌，还打架，应酬花销豪气冲天。相比之下，峒河船水手的动起来如脱兔歇下来如处子，既经得事又靠得牢，优点自然格外突

烟雨沱江（2014）

出，外来商贾最爱雇请这种的水手。这可不由得让凤凰城的老辈子英雄气短。

比猴还精的江西人经商的本领的确了不得。就说裴三星布号吧，清同治年间（公元19世纪60年代），裴三星的老掌柜裴守禄随叔父从江西丰城来到凤凰，以挑货郎担卖杂货起家，到了民国初年，已成为垄断凤凰商界的四大家之一。“裴三星布号”虽以布号命名，实际上经营方式是购进“上水货”，运销“下水货”，并发放贷款，与汉口、常德、沅陵、铜仁、麻阳、辰溪等地的大商号均有业务往来，批发零售薄利多销，生意做得红火，周转资金一度达到三万五千银圆。商号收购农副产品一般是买期货，即在青苗时期付订金认购“期桐油”“期烟草”等，价格要比收获季节低一至二成。对缺乏资金的小商户，裴家也乐于贷款，由他们按百分之三到五的利息贷得款去，就近购进土产转运长沙或常德，出货还贷，裴家再用还款在外进货，运回凤凰销售。一本双利，赚头不小。

再说同属四大家的孙森万柏记号，老掌柜孙柏林也是江西丰城人，与裴家同乡。清光绪二十二年，孙柏林才随父母逃难迁来凤凰，一家人由其父编织草

古城墙被修葺一新（2014）

帽度日为生。民国七年（公元1918年），布店学徒出身的孙柏林，靠已故父亲留下的三十二串铜圆为本钱，经摆摊赶场苦熬多年，终于在十字街口开设布店，正式挂牌为孙森万柏记号。孙氏笃信非商不富为商不奸的人生信条，兢兢业业孤僻自守，不交结达官显贵，不巴结豪强富绅，要求店员对所人顾客一视同仁不得厚此薄彼。店内常年备有热茶壶和水烟袋，顾客临门不论成交与否，一律笑脸相迎装烟敬茶，对资金周转不济的客商还赊账批销。由于经营得法，孙森万日零售额曾达到四百银圆以上，为全县商号之首。

江西人的钱多得花不完的时候，并非个个都像孙森万的老板那么守本分，有些人也想要弄点响动刺激一下轻视他们的老凤凰，把成千上万的银子拿去衙门里捐上个不大不小的官当一当。偏偏又有些家道中落的凤凰世家子弟，躺在祖辈的功劳簿上坐吃山空，最后不得不把祖先用性命换来的田地房产和字画古玩，拿到江西人门上去典当，被那些笑面虎们客客气气接过去，最终有去无还。更有些见利忘义的父母，眼热江西人的钱袋，不惜坏了祖宗的规矩把女儿嫁作商人妇，原住民与外来人的血缘一经混杂，江西人的坟也跟着堂而皇之进了凤凰人的坟山，且修建得又大又豪华，整个喧宾夺了主。

尴尬万分的凤凰人面对这种始料未及的局面，再也无法心高气傲了。要说他们也不是没有跟江西人斗过法，只不过那些传说再提起来也只能长他人威风灭自己的志气。

相传当年江西人在沙湾修建万寿宫，把三座圆形拱门对准沱江上游滚滚而来的水流，成为诱吞凤凰人财富的象征物。凤凰人急了眼，在风水先生指点下，在回龙阁半山腰上修了一座准提庵，将两个大大的圆形窗户开在庵门口的正墙上，称号是一双用来监督江西人的法眼，日夜盯着万寿宫。今非昔比的江西人不再逆来顺受，他们也请来风水先生，在万寿宫附近修了座尖尖的白塔，起名“万名塔”，意在当做一根神针，刺向准提庵那双圆圆的大眼睛。凤凰人见了，又在准提庵后殿塑了一座本地人称之“骷髅子菩萨”的布袋和尚像，双手拉开一个大大的布袋，专等着装江西人的财喜。你来我往之间，时间已经伴着沱江的流水逝去，世上也已经换了几代人凤凰人与江西人。

民国二十六年（公元 1937 年），抗战爆发，沅水流域土匪日趋猖獗。凤凰巨商裴三星布号从常德发了一船“上水货”，并从凤凰起运一船“下水货”，被奸人将消息通报给土匪，两船货物均在麻阳县吕家坪被土匪抢劫一空，损失银圆二万余元。裴家从此一蹶不振，盛极一时的裴三星布号几年后也倒闭了。相比之下，孙森万的运气稍好一些。民国十五年（公元 1926 年），孙氏押货船顺沅水下常德，途中被土匪绑架，索要银洋一万。幸而遇到被强迫落草为寇的生意场上旧相识，护送其逃离匪巢。十年之后的吕家坪劫案中，凤凰县有近百艘大小货船被土匪抢夺，还害了商民毛锦堂性命，孙森万的货船恰好在案发后两天才达到此地，侥幸

新老商铺鳞次栉比（2013）

逃过一大劫。然而孙家逃得过土匪防不了家贼，孙柏林六个儿子，三个成年的都染上了吃喝嫖赌和吸鸦片的恶习，终于闹得老孙掌柜含悲分家，一度被称为凤凰首富的孙家从此也败落了。随日寇入侵国运衰微，覆巢之下岂有完卵，处在共同命运中的凤凰人与江西人不知不觉也就分不出彼此。

历史变迁战乱频繁，凤凰经济的标致性建筑万寿宫屡遭涂炭。1932 年，为安装湘西农村银行高大笨重的印钞机，陈渠珍派人在观音殿挖地三尺，并将宫内各殿宇都做了改建，损坏了原始布局。1937 年，地方当局成立“凤麻泸三县剿匪指挥部”，近千名官兵以万寿宫为驻地，历时一年有余，殿堂房舍再度损坏。1938 年到 1943 年，国民党大抓壮丁，将各地抓来的青壮农民关押在此，使之变为准监狱。1943 年，时任商会会长在万寿宫开办合记织布厂，1946 年，这里又成了私立豫章小学校址。万寿宫自乾隆年间修建以来，数易其主历尽沧桑，已是百孔千疮。新中国成立后虽被定为“县级文物保护单位”，进得门去，仍叫人感到年久失修的破败。正殿显然已经成为居民住所，齐膝深的杂草上方晾着衣裳、被褥以及家制干菜，院内著名的遐昌阁纵高耸如昔，也是瓦砾零落朱漆色改，残缺不全的铁马风铃再也发不出人们记忆中那清脆的撞击声。

> 凤凰人重军轻商、耻于言钱的心态影响所及，使他们在理财方面大都低能。当地人外出奋斗出了数以百计的将军，还出了总理、部长、作家、画家，就是不曾出一个像样的企业家。
>
> ——刘一友《论凤凰人》

飞出去是凤凰，飞不出去是麻雀

翻一翻凤凰人物志，你会惊讶地看到，近代史上清民以降，竟有多至几百名的军界政界、文艺与科学界的有为之士，以这座万山环抱的小城为起点，走向了外边精彩的世界，并造就自己精彩的人生。

小摊买卖
遍布全城
（2013）

的确，如同这个地方出悍兵勇将和游侠一样，凤凰男子年纪小小就离家远游的传统也不可忽略。究其原因很可能是不同寻常的闭塞，导致了凤凰人对外界格外丰富的想象和格外热烈的向往，并赋予孩子们一种与生俱来的浪漫气质，一旦有了任何能够启迪这种气质的发酵剂，它就会无可抑制地喷发出来。

诗人冯至有一首诗，或者提供了 1919 年五四运动以后，弥漫在广大青年人中间的一种笼罩性的情绪氛围：

那时无论如何，
要跳出窒息的家庭，
要舍弃狭窄的家乡。
外面在招手，
外面在呼唤。

少年沈从文黄永玉们，又何尝不是为这种蛊惑人心的氛围所裹挟呢？

沱江作为凤凰唯一可通航的河流，既是唯一通向外界的水路，那么不难想象，城中所有为着豪情与幻想奔赴他乡的热血男儿，无论日后青史垂名也好泥牛入海也罢，都是在某个阴沉或者明媚的早晨，携着自己小小的包袱走上了沱江中的一叶扁舟。

即将离乡的夜晚，那些揣着一颗跃跃欲试的雄心，又因前途并不可知而有些忐忑不安的后生子，可能在慈母飞针走线的灯影下，听着十几年来听惯了也听烦了的千种叮咛万种嘱咐沉沉入睡，可能与新婚妻子缠绵反侧依依惜别，难免儿女情长，更可能与儿时同伴三五，找一个干净的小酒馆，叫一坛上好的苞谷烧酒，喝个一醉方休，少不了壮怀激烈的展望与祝愿……无情未必真豪杰，况此去关山重重前途渺渺何日是归期。然而等到船已解锚，桨已荡起，亲人挥手相送的时刻，你看他们年轻的脸上，断不再有任何犹豫乃至丝毫柔情。

难道说他们一点儿都不眷恋自己的家乡吗？假使稍稍了解一下凤凰人，就会发现其实恰恰相反，他们爱恋家乡的热烈程度似乎超过任何一个地方的人。

如今的万寿宫和万名塔（2014）

大学教授刘一友在文章里的介绍，可说是凤凰人的自白："在外地奋斗的凤凰人，偶尔凑在一起时，必谈家乡风物旧事，谈时则无不眉飞色舞。他们坚信家乡端午的龙船和春节的狮子盖世无比；文庙飞檐上的铁马和当年衙门放的醒炮是最好听的；天王庙的马夫和阎王殿的白无常是最神气的；安大顺的米豆腐和张伯娘的灯盏窝是最好吃的；玉皇阁和凉水井的水应评为天下第一泉；凤凰的八大景比杭州的八大景更显得自然天成。看他们那点可爱的偏执神气，如果要他们为凤凰民谣'凤凰有个南华山，离天只有三尺三'作证时，说不定他们会勇敢地站出来说，'是真的！'"

画家黄永玉堪称家乡痴迷的代表。这一辈子，无论是以流浪青年的身份混迹于引车卖浆者之中，还是以著名画家的身份鹤立舞文弄墨者之上，对家乡的执着沉湎一刻也不曾浅去。对那些离开了穷乡僻壤跻身于上层社会便对故乡唯恐避之不及的人，他总感到不解：一个人怎么会把故乡忘记了呢？凭什么把她忘了呢？不怀念那些河流？那些山岗上的森林？那些被羊齿植物覆盖了的水井？那些透过嫩绿的树叶撒落的像雾的阳光？小时的游伴？唱过的歌？嫁在乡下的妹妹？"你是放飞在天上的风筝，线的另一端是牵系着心灵的故乡的影子。唯愿是因为风而不是你自己把这根线断了啊！"当黄永玉自己终于成了一只光彩照人的大风筝，被智慧与灵气的长风鼓起巨型双翼，飞上广阔天空的时候，他总是用回忆的丝丝缕缕加固着连接故乡的引线，永远不离不弃。1987 年，黄永玉在意大利举办画展，并获总统勋章。在隆重的受勋仪式上，黄永玉所致的答谢词跟以往每个获勋者的答谢词都极不相同，通篇感谢的话竟然没有一句话是对意大利人说的，只用来感谢故乡对自己的恩赐，难免让授勋者大跌眼镜。

在国内外画坛，黄永玉一直被认作反叛传统的性情中人，唯独在对待故乡的态度上，与中国自古以来的知识分子传统一脉相承。在这个传统中，故乡和母亲有着同样的意义，母亲孕育了你的血肉躯体，故乡孕育了你的文化魂灵。你的口音，你的表情，你对饮食或者穿着的偏爱，你举手投足的方式，你接人待物的行为，你对色彩、声音和气息的敏感，你对外边世界的解读，全都在童年被你的故乡诱导和塑造。纵使当你的身躯一天天长大成熟，逐渐扩展的眼界已经让你不满意故乡的狭窄与沉闷，你怀着对外界强烈的好奇心走了出去，天远地远一别经年，纵使你天真地以为自己已经融入了异乡的群体，顺应了异乡的人事，对周围的一切都了如指掌，还是离不开故乡看不见摸不着却无处不在的气场。当你被人欺骗遭人迫害，身体生病或者情感受伤，前程暗淡也心灰意冷之际，你最先想起的人只可能是母亲，最先忆起的事只可能属于故乡。当你的肉身一天天衰老，思维一天天混浊迟缓，故乡必定跟你日渐亲近，像一句宿命的箴言越来越响亮地在耳边召唤你，直到你归返生命的起点。

就群体的个性而言，凤凰人的强悍和倔强是有目共睹的，近乎褊狭的自我肯定和过于夸张的面子观念，让他们在显出其可爱特质的同时，也增加了与外界特别是都市文明发生摩擦的可能性，以及在摩擦发生之后必然强化的寂寞感和孤独感。凤凰少小离家的游子们，过早失去了家庭的庇护与父母的关爱，沱

扁舟一叶出沱江（2013）

江船上的一双木浆，亦如同锋利果断的剪刀剪断了他们无忧无虑的童年生活。在外界纷繁的变化与凶险的境遇中，故乡的影子越来越明亮，历史创痛遗留的疤痕血迹，与任何人群都不可避免地存在着的人性丑恶，在这些入世不深的孩子本来模糊的印象中变得愈发浅淡。故乡的一切都美仑美奂无可挑剔，即使有什么不足，充其量也是白璧微瑕。故乡是完美的，作为故乡之子你只能为其添彩而不能给她抹黑，为此不管你是行武还是从文，你都必须格外努力格外拼命，不可存有任何倦怠和侥幸心理。你无师自通地知晓，只有当你有了骄人的业绩之后，才有可能大摇大摆回乡去，否则你将没有脸面也没有资格去面对你完美的故乡母亲。然而命运之神对这些来自偏远小城的青年并不特别关照，成功的路途漫长而坎坷，当故乡只能在梦里在心中，不可归去无法企及的时候，思乡成癖几乎是这些游子们无可回避的结局。

说起来差不多是一个意外的收获，绵绵无尽的乡愁产生了向美之心，产生了勇猛之力，同时也产生了艺术。在凤凰游子们的诗文画作里，故乡的小城隽永而迷人，他们的作品迷人而隽永。艺术对于他人是通往凤凰城的钥匙，对于自己是慰藉乡思病的良药。读过沈从文的《湘西》，再看黄永玉的《永不回来的风景》，艺术与乡愁的关系一目了然地陈列面前。那些看似不动声色其实情深意厚的句子和线条，不是把眼里的故乡心里的故乡叠加在一起，憋在肚子捂熟了焖透了分不出彼此了而不能得。当他们问心无愧地荣归故土，坐一条小船由沱江顺水而下，重温的该是离乡而去的早晨，他们曾对渐行渐远的故乡默默盟誓的誓词吧！

几十年之后，凤凰城内的沱江水域已难得找到以天然形状的麻石垒砌，并以粗糙原木围栏的小码头了。回龙阁附近的这座，因了它的稀奇和原始，每天都引来外地艺术院校学生一排排坐在陡峭的石阶上写生。他们一边调着颜色一边嚼着口香糖和零食，行头和装备显现出生活状况的优越，间或停下来嬉笑打闹，笑容灿烂得如五月的杜鹃。这些外面来的学子们无忧无虑，并无心知晓久远的岁月里，有过多少凤凰籍男儿从这样的麻石码头起航，奔赴他们梦想中的人生之旅。不管他们今后是否能够有所成就，仅仅是奔赴梦想这个行为本身，就将给他们带

黄永玉和家乡的孩子们（1981）

来足够的光荣。

2001 年岁末，离旧时凤凰那个封闭已极也特别鼓舞着它的男儿奔赴远乡的年代已经久而又久的一天，退休中学教师、民间书法家滕建庚先生，在他位于沱江镇文星街的家中接待了远道而来的访问者。滕先生身体微胖，头发稀疏灰白，带一副浅色边框眼镜，说话轻声细语，从里到外透着斯文。适逢他刚从医院打过吊针回来，因为中风留下后遗症，走路踉踉跄跄，落病的左手也有些变形，但这并未减弱他对来访者的热情。为了陪客，他放着午饭不吃，努力爬上木制楼梯，搬下几大本厚重的画册，其中有《中国当代著名书画家珍品选》《二十世纪中国著名书画家》等权威出版社的权威选本。不用说，入选者的组

黄永玉在家乡老屋作画（1981）

成是一个令人肃然起敬的阵容，滕先生的书法作品赫然入列。

谈话自然引入了他的身世：出生于小康人家，又是独子，从小父母关爱有加，十七岁中师毕业之后，本想到外边去闯荡，父母不准。孝道在身不得不从，留下来与长他三岁的女子结为秦晋之好，以偿父母盼孙的心愿。这一留就是一辈子。虽然圆满了尽孝的德行，与妻子琴瑟和谐直到金婚年月，博得子孙绕膝晚景平安，终归有桩一搏人生的心愿未了，而时光已逝亦无法再了。

叙述之后，是一声叹息，叹息之后，是长久的停顿。

“凤凰凤凰，飞出去是凤凰，飞不出去是麻雀。”滕先生浅浅一笑自嘲道。笑容里明明全是无奈。

话说得未免有些悲凉，听后忙安慰老人，你的书法已是自成一家，不是凤凰还是麻雀？又说，平安一生已是福分，何况金婚更加难得。

不料这些慰藉的话反而引得老人大恸，指着客厅橱柜上的一帧照片，突然泪如泉涌。

“要是老伴还在，任如何我都安了，可是她好好的说走就走……一走就是三年……这辈子我们从来没有红过脸，她一直照顾我帮我，为了她，我一辈子哪里不去也不悔……”

这一个意外的场面真叫人束手无策，怔怔看这年过七旬的老先生，如孩童似的大哭。告别的场面愈发让人不堪。滕先生起身，不顾我的阻拦，非要送到院子外边。原来是要让客人看看他过年的时候在院门上贴的一副对联：

霞君别我三年久

墨叟思卿万缕长

用一副准挽联当做春联来迎接新年，实在非同一般，再兼经过近一年间的风吹日晒，那对联的红纸业已褪尽颜色，而墨汁仍浓酽如初，更把一副春联弄出了挽联的效果。年边的滕先生站在褪色的对联中间，用一条同样已经褪色的手帕，擦拭着思念亡妻的泪水。

私底下寻思老人那句听似戏言却意味复杂的话：“飞出去是凤凰，飞不出去是麻雀”，说是为了妻子不飞无悔，其实悔意尽在其中。倘若他在十七岁的年纪，由着性子飞出了父母的羽翼，等待他的当然会是一种绝不同于今天的命运。不妨假设，他可能错过终身相敬如宾的贤妻，可能不曾有堂前帐下相拥绕膝的子孙，可能被颠簸不堪的生活逼入绝境，甚至可能将皮囊热血都化作了异地他乡一抔黄土一棵青草，但他毕竟是飞了出去，在命运之火中或化为凤凰或焚为灰烬，无论如何，他遵循了凤凰男子的传统精神，搏过闯过，真正不悔。他生长的小小山城，是个孕育浪漫精神的地方，这种浪漫溶化在每个人的血脉里，如冬眠的动物般沉睡，终有一天要苏醒。浪漫的精髓所在从来是不重目的只重过程，凤凰之誉在他们看来并非要有涅槃正果的修得，而只在飞翔的姿态或者说飞翔本身。

我们那个小小山城不知由于什么原因，常常令孩子们产生奔赴他乡的幻想。从历史角度看来，这既不协调且充满悲凉，以致表叔和我都是在十二三岁时背着小小包袱，顺着小河，穿过洞庭湖去翻阅另一本大书的。

——黄永玉：《太阳下的风景》

在不可知的运程中

清末民初，小小的凤凰城内庙祠数量奇多，光佛家寺庙就有风神庙、火神庙、龙王庙、马王庙、水府庙、灵官殿、观音堂、阎王殿、三官阁、女娲宫、城隍庙、伏波宫、芒神庙、太平寺、奇峰寺、飞山庙、王公祠、翟公祠、石莲阁、三侯庙、准提庵、文庙、武庙、武侯寺、先农坛等五十多处，南门外的岩脑坡一带，寺院建筑鳞次栉比，基本上成为寺庙区。此外还有陈家祠堂、田家祠堂、杨家祠堂等大族宗祠，各地同乡会馆，如江西人的万寿宫、四川人的川主宫、邵阳人的禹王宫、福建人的天后宫，以及各种行会会所，如缝纫业的轩辕寺、木匠业的鲁班庙、铁匠业的老君庙、医药业的神农寺等，也都兼有宗教场所的职能。而且不仅只佛教，伊斯兰教、天主教、基督教也相继派人来此地传教，修建天主教堂、福音堂和清真寺。

佛家寺庙定期举行庙会，知名度较高的有南华山、青龙山、奇峰山的香会和观音会、盂兰会，每次会期一到三天不等。县境内外的佛门信徒平时在家吃斋念佛，庙会会期相约而来，成群结队到寺庙中拜佛、讨卦、求签、许愿，都是自生自灭的民间活动。道教则带有半官半民色彩，不建道观，只在道士家中设坛行教，并由道台任命道纪司，执掌印绶，管理全县道坛，对坛门不好的，可以封坛，道士不守清规的，可以驱逐出境。地方上久旱无雨需打醮求雨，遇到虫灾要设坛驱虫，春季清明节上坟祭扫墓茔，秋季中元节念咒烧包，冬季冬至节燃天蜡酬答天地，还有平时百姓人家婚丧寿庆法事，也由道士包揽。

仅仅半平方公里的土地，居住着如此众多的仙神鬼怪，还有比各路神圣为

大山里的女人（1983）

数更众的僧尼道士神甫阿訇，纵使人们刻意想划分天上人间的界限，也不大容易。凤凰城里的居民，跨出门槛就碰到了土地公公和婆婆，烧几张纸问个好是免不了的，遇上心事边走边想，一不留神已经来到观音娘娘跟前，也就忍不住要将不向人言的烦恼跟她老人家念叨念叨。久而久之，人神共处的生活氛围已不知不觉地形成。特别是湘西地方民众受傩巫文化影响，有着明显的泛神崇拜倾向，无论何方神圣哪样鬼魅，只要遇上就烧香磕头捐银子，一律不排斥一律不得罪，使鬼神们的生存环境也很宽松，大伙儿一块儿共生共荣。

庙宇格外繁盛的原因，按正统阶级分析论的解释，当然是统治者实行所谓“攻城为下、攻心为上、以夷制夷”的绥靖苗疆政策，欲借神权维护社会秩序，以清嘉庆年间的凤凰厅同知傅鼐任期，提倡“以神道设教，补政令之不及”，光他一任就主持修建寺院十八处为证。另一种解释则完全忽略阶级与政治，认为一个社会是否太平盛世，看其庙会的声势和寺庙的香火是否旺盛就可见一斑，神事的繁荣体现了历史上凤凰社会生活的繁荣。我以为更重要的原因，是黎民百姓生活不安命运莫测同时希望渺茫所致。在当地风俗中，有不少宗教仪式都跟军旅征战有关。如每年农历七月七民间“祭鬼节”，要扎制成千上万大大小小的河灯到河上去燃放，就是为了抚慰战死沙亡的将士，为他们的亡灵超度，照亮归家的路，以免其成为飘零的孤魂野鬼。河灯中的关王灯、岳王灯、韩王灯、霸王灯等大型河灯，以古代英雄故事为蓝本扎制成一组组的人物造型，是为了标榜战死者如古代圣贤一样名标青史的功绩；小型灯如荷花、桃花、梅花、芙蓉花灯，柳树、杨树、松树、茶树、桐籽树灯，猪、羊、马、牛、鸡、鸭、鱼灯，则是为祭献给死者，使之在冥界有富裕的生活。

凤凰社会生活的主体一度是筸军士卒，他们一朝入伍，就被绑在了杀戮的战车上，杀人或者说被人所杀在他们看来都是顺理成章的事。但杀了人总要避晦或者忏悔吧，为了免于被他人所杀又要祈求神鬼保佑，再说要是大难不死，保佑升官发财也是心之所愿。既然一切都交给了鬼神，人的命运也就只能听从鬼神来安排了。一场战斗下来，是生是死全是命中注定。这样的宿命哲学杂糅在筸军将士的意识中，反而增添了他们奋勇当先的胆量，使得他们的牺牲更惨烈，

制作银饰的苗族女艺人（1985）

那份担当也愈显出愚忠的痕迹。

妇女们不同。丈夫儿子出外当兵，脑袋提在手上过日子，家中的白发亲娘和孤妻弱子，心中最大的隐忧就是征人的安危。音讯杳然的日子，烧香磕头祈求征人平安，听到胜利的消息，烧香磕头答谢菩萨的恩情，令人心碎的噩耗传来，还是烧香磕头，为亡灵的来生超度……战事越壮大，亲人越险恶，女人们心中越焦虑，对菩萨的寄望也越深厚，庙里的香火就越旺盛。而在那终日缭绕的青白色烟雾中，伏身于神坛下的女人呢喃自语的誓愿里，定然少不了对战争的诅咒。在她们的功德经中，建功立业事小，征人平安事大，跟急功近利的男

苗医（1981）

圩场上（1985）

踏春（1986）

人们比，女人们对筸军祖辈用血泪赚下的那份残忍的光荣并不看重，她们所看重的是生命，是属于无论亲人与敌人的鲜活生命。在求神拜佛这种形式机械单纯的活动中，凤凰妇女的情怀却具有微妙复杂的层次，她们所扮演的悲天悯人的角色，是最悲惨也是最光彩照人的。

国家的命运既不可知，湘西的命运凤凰的命运自然不可知。男人的命运已不可知，女人的命运更加不可知。女人们热烈专诚的宗教情绪，在某种意义上，提升着这座小城日常生活的质量和品位。

丈夫羁留军旅，妻子们成了家庭的顶梁柱。白天更忙碌了，箪食壶浆洗淘捻纺喂猪打狗安老抚幼，哪样少得了她们？夜晚也更漫长了，哼着歌谣把孩子送入梦乡，自己的梦却流连在千万重关山以外姗姗来迟。孤枕寒衾难耐时分，挑亮一盏油灯刺绣缝纫，是她们寄托相思的唯一办法。凤凰妇女的女红出色，是有传统也有口碑的，那些靓丽的绣花鞋、虎头帽、围裙抱肚里，缝进了多少泪水和悲情，只有她们自己知道。手里打扮着孩子，心里惦记着丈夫，巴不得他夜夜梦回家园，自家小小的庭院是否美丽整洁，又成了她们的心思。于是天明即起洒扫庭除，再去墙根篱下种几棵蔷薇几棵木香几棵狗脚梅几棵迎春藤，借花草的色彩和芬芳召唤远方的征人，让他们想着家恋着家，舍不得把血肉之躯永远遗弃在他乡。凤凰人家素有种花养草的习惯，溯其源起似乎跟闲情逸致关系不大，反倒是妇女们对严酷生活的一种特殊的回应。在今天的凤凰，当我们看到街边的小摊子上漂亮的绣品，或者妇女怀中抱着背上背着穿得花团锦簇的孩子，还有家家墙头瓦上颇有雅趣的花枝藤蔓，谁会把它们的来历跟凄惨的过去相联系呢？

在动荡的岁月里，一代代凤凰女子承受的寂寞比任何一个地方都要集中，并不能被她们向善向美的作为所淡化。丈夫出征甚至为征战捐躯，使社会和宗族对她们的贞操有更高的要求，封建礼法和宗族家长决不会因为她们的含辛茹苦，就以宽宥对待她们偶尔乱了方寸的过失，相反还会更加苛刻和严厉。

或许就有某些特别敏感的女孩子，目睹母亲的种种不幸与辛苦，对尘世间的男婚女嫁起了疑心。她们像一棵棵清新的绿葱一样蹿长起来，头上的黄毛小辫子粗壮成了乌黑的大辫子拖在了胸前，会在某个春天的夜里，回味起以往的一幕幕情景。还是她们需要搭着板凳或踮起脚尖才能看得到暮色中的江水时，就习惯了和母亲一起盼着爹爹的船从沱江的下游撑上来。爹爹的船回来的日子，就是女孩子的节日，米桶里有了米，灯盏里有了油，厨房里有了炖肉的香味，弟弟的脏乎乎的小嘴巴里有了嚼得嘎嘣响的糖块儿，她的辫梢上有了一小截红色的头绳。可是后来，爹的船征去运军火，一去杳如黄鹤，他的骨头已经烂在了外乡不知什么地方的土里，姆妈于是一夜之间从精明强干的小妇人变成了披

孩子都是在母亲背上长大的（1982）

头散发的糟婆子，一天天在河边洗着男人留在家中的破衣烂衫，直到成了一团乱纱。彻骨的寒冷与绝望穿透了薄薄的棉被，传遍女孩周身。

正是从这个夜晚开始，女孩儿变成了另外一个人。她的面色灿若桃花，眼睛亮如星辰，声音如丝竹般悦耳，身体里发出一种沁人的清香。她每天不停地抹桌擦椅洒扫厅堂，把一个原本破败的家收拾得纤尘不染。她开始日复一日地凭栏眺望，进入了一个不食人间烟火的境界。闲下来她就到江边去呆坐，望着下游河道上一条条如黑鲫鱼从地平线上跳出来，而后箭一样驶近的木船。她永不可能再像小时候见到爹的船那样欢呼雀跃了，这些船上再也没有她盼望中的亲人，她的心已同无风时的江水那样的平静了。河上的船工们看见了吊脚楼上这个美丽非常的女孩，并因这个女孩而振奋不已。他们大声打着号子，互相用篙和桨击水相逗，再不然索性一个猛子扎下去，几十秒才探出头来，看女孩子会不会为自己担心或惊慌。所有的伎俩都用过之后，他们终于大失所望，美丽的女孩依然凭栏远望安静如昔，自言自语不知和谁说着私房话。于是老人说，这个苦命的女子落洞了。

按照当地的说法，这个女孩子已经把自己许给了神，她整天生活在幸福的幻想里。她的心上人是不食人间烟火却救人于水火的神，因此她不再为世俗的任何男子动心，只需小心地保护好自己的美丽娴静，等着她的神选好了吉祥的日子来迎娶她。这就注定了她的一生将不再有姆妈经历过的一切生儿育女盼夫心切又妒怨煎熬的烦恼，也不会有世俗的男子想到要用自己的婚姻去解救这个被神的幻象所诱惑的女孩。固然当那个日子到来的时候，幸福中的女孩含笑而逝，但她始终不渝地保持了自己的姣好容颜，直到今天的传说与记载中。

沈从文先生在他的书中写道：湘西女性在三种阶段的年龄中，产生蛊婆、女巫和落洞女子——穷而年老的，易成为蛊婆，三十岁左右的，易成为巫，十六岁到二十二三岁，美丽爱好性情内向而婚姻不遂的，易落洞致死——三种女性的歇斯底里，就形成了湘西的神秘之一部分。这神秘背后隐藏了动人的悲剧，同时也隐藏了动人的诗。

湘西女性是这一切神秘而动人的悲剧与诗的作者。

唢呐一声接一声，声声催我快起程。
泥鳅不离烂泥塘，女儿难离娘的身。
报孝爹娘不到老，只怨我是女儿身。
女儿也是娘的肉，爹娘养我操尽心。
二十来岁刚得力，可惜我是草籽命。
草籽要来爹娘撒，撒到哪里哪里生。
撒到高坡太阳晒，撒到沟里背了阴。
撒到路旁牛马踩，撒到河里难生根。
霜打叶落离娘去，一去成了他乡人。
爹娘一地我一乡，是女难报养育恩。

——《苗女哭嫁歌·辞爹娘》

老城门（1985）

第二章 传说

传说是历史中最生动的部分，是被神话了的历史，或者说是历史长卷中的特写部分，因其中随时随地加入了叙述者的想象而被现实的思考关照。如果说历史是眼睛，传说就是这双眼睛中的眼眸，现实则是这眸子中的目光。换一种说法，历史与现实是思考的两岸，传说就是连接两岸的桥。

老子脾气天下第一

凤凰人爱申明自己脾气大，用当地的话说是“脾气很苗”或者“苗脾气”。你以为这是一种自省吗？就算是自省，你也不难从其神情和语气中看出几分得意来。比如凤凰人会对你说，我们从不看长沙人吵架。他们吵来吵去，光吵又不打，有什么好看的？要是我们凤凰人，三句两句话不对付，早就动手了，一方水土养一方人嘛。一听你就知道，凤凰人对自己脾气的态度与其说是自省，倒不如说是自傲。

有位非常出名的凤凰人在他的自传体散文里记录过一段往事，因为现场语气表达的需要，非得将这段长长的原文按格式照录：

“……绕过影壁，原来是满满一院子的玉兰花，像几千只灯盏那么闪亮，全长在一棵树上。多走几回，胆子就大了起来，干脆爬上树去摘了几枝，过两天又去摘了一次，刚上得树去，底下站着个顶秃了几十年的老和尚，还留着稀疏的胡子。

“‘嗳！你摘花干什么呀？’

“‘老子高兴，要摘就摘！’

“‘你瞧，它在树上长得好好的！’

“‘老子摘下来也是长得好好的！’

"'你已经来了两次了。'

"'是的，老了还要来第三次。'

"'你下来，小心点，听你讲话不像是泉州人。'

"口里咬着花枝，几下子就跳到地上。

"'下来了！嘿！老子当然不是泉州人。'

"'到我房间里坐坐好吗？'

一间萧疏的屋子。靠墙一张桌子，放了个笔筒，几支笔，一块砚台，桌子边上摆了一堆纸，靠墙有几个写了名字的信封。床是两张长板凳架着的门板，一张草席子，床底下一双芒鞋。再也没有什么了，是个又老又穷的和尚。

"信封上写着'丰子恺'和'夏丏尊'的名字。

黄永玉自塑像（2002）

"'你认得丰子恺和夏丏尊？'

"'你知道丰子恺和夏丏尊？'

"'知道，老子很佩服，课本上有他们的文章，丰子恺老子从小就喜欢——咦！你当和尚怎么认识丰子恺和夏丏尊？'

"'丰子恺以前是我的学生，夏丏尊是我的熟人……'

"'哈！你个老家伙吹牛！……说说看，丰子恺哪个时候是做过你的学生？……'

"'……好久了……在浙江的时候，那时候我还没出家哩！'

"那是真的了，这和尚真有两手，假装着一副普通和尚和样子。

"'你还写字送人啊？'

"'是啊！你看，写得怎么样？'和尚的口气温和之极。

"'唔！不太好！没有力量，老子喜欢有力量的字。'

"'平常你干什么呢？……还时常到寺里来摘花？'

"'老子画画！唔！还会别的，会唱歌，会打拳，会写诗，还会演戏，唱京剧，嗳！还会开枪，打豺狗、野猪、野鸡……'

"'哪里人啊？多大了？'

"'十七。湖南凤凰人……'

"跟老和尚做朋友时间很短，原来他就是弘一法师李叔同。

"'老子爸爸妈妈也知道你，长亭外，古道边，就是你做的。'

"'歌是外国的；词呢，是我作的。'

"'你给老子写张字吧！'

"老和尚笑了：'记得你说过，我写的字没有力气，你喜欢有力气的字……'

"'是的，老子喜欢有力气的字，不过现在看起来，你的字又有点好起来了。说吧！你给不给老子写吧？'

"老和尚那么安静，微微地笑着说：'好吧！我给你写一个条幅吧！不过，四天以内你要来取啊！记得住吗？'

"去洛阳桥朋友处玩儿了一个礼拜，回来的第二天，寺里孤儿院的孩子李

西鼎来说：‘快走吧！那个老和尚死了！’

“进到那个小院，和尚侧身死在床上，像睡觉一样，一些和尚围在那里。桌上卷好的条幅，其中一卷已经写好了名字，刚要动手，一个年青的和尚制止了。

“‘这是老子的，老子就是这个名字，老子跟老和尚是朋友。’

“他们居然一说就信。条幅上写着这么一些字：‘不为自己求安乐，但愿世人得离苦——一音’。虽然不明白什么意思倒是号啕大哭了起来。和尚呀！和尚呀！和尚呀！怎么不等老子回来见你一面呢？”

这个言必称老子，并且有幸得到弘一法师临终赠言的年轻凤凰人，就是日后中外知名的大画家黄永玉。大约六十年以后，黄永玉在北京郊区修了一座大庭院，院中的画室，仍然题匾命名为“老子居”。无独有偶，在他的家乡黄永玉也盖得有庭院修得有画室，画室高耸在回龙阁的小山上，把那一带的地势巍峨成一只巨大的龙头，使整条沱江因之增色。每一天乘船游览沱江的人们都会被他们的导游或者船工指点，注目高高的飞檐下边的那块匾——夺翠楼。满山的翠色都要“夺”的人，还不能称几声“老子”？

这下你该服了凤凰人吧，至少你该服了这种气势呀！

也许你要挑剔，这里不过举了凤凰人里极端有名的人所为之极端有趣的事。那就不妨再说说并不曾有名的凤凰人所为之同样有趣的事。

两个普通机关干部因公务去北京见一位做了高官的家乡人，兴冲冲按照地址找到了首长的府邸。保姆出来应门说，首长已经睡了午觉，还是请二位下午两点以后再来。两人这才想起这是在北京不是在凤凰，作息时间得按北京的规矩，入乡要随俗倒也说得过去。眼巴巴等到两点整，踩着点再一次摁响了电铃，保姆探出头来说，对不起，首长开会去了，还是请另约时间吧。门外边的两个人连眼色也无须交换一下，就不约而同做出了反应：还约什么？不见也罢，立时勃然大怒而去。这阵势叫首长家见过世面的佣人也不由有点儿着慌，原来她忘了通报首长。要在平时挡了驾忘了说打个马虎眼也就过去了，这样子反应激烈的来访者她还没见过。果然首长回来一听就连连说她坏事，叫秘书快打电话问附近旅馆是否住得有湖南凤凰来客，一旦找到赶快请来家中一叙。第二天，人没找到，却收到一封信，大意说：我们受家乡人之托才来求见，个人绝无什么要求助于你，大可不必借故躲避。须知你当你的官，我当我的老百姓，并无什么相干，云云。看完信这位被冤枉的首长赶紧写信去凤凰道歉，作为凤凰的一员，他太了解自己的乡亲了。

有时候他们心高气傲到了让人哭笑不得的地步。比如说，当了将军的人回家乡来看看，身后还带着几个警卫，一不留神就把乡里乡亲得罪了，没准把你客客气气送来的点心糖果往桌子上一撂，关起门就要指你的脊梁："稀见！什么大角色？谁还要来谋你的命不成？"小时候一块儿尿尿和泥玩的伙伴并不会主动前去拜访你，假如你的家本来是他每日出门的必经之道，这几天他反而可能绕着远道走有心回避你。家乡人那种无时无处不显露的强烈自尊，在外人看来或许过分，在他们看来一点儿也不出奇，青年时候他们从那座深山的小城里跑到延安去闯荡，不是也多少次被这样的自尊折磨过吗？

再说那两位求见不得写信相骂的老乡，怒气冲冲跑回凤凰，打算把那位不重情义的首长好好臭上一臭，看到道歉信才算平了这口窝囊气。要不是那位高官深谙此中奥妙，下次还有什么颜面再回故乡？

这么说绝非空穴来风，当年熊希龄官至民国内阁总理，不用说当然是凤凰人的一块金字招牌，但家乡人并不因此就对他俯首帖耳，尤其在对乡亲们的态度方面，官大也不能免其咎。黄永玉的父亲就曾在沈从文跟前数落说，熊凤凰只会做官、找钱，对家乡青年毫不关心。什么凤凰，简直是只阉鸡，只会跪榻凳，吃太太洗脚水，有什么可佩服？在凤凰人的道德教义中，对家乡人的态度是顶要紧的，你再有雄韬伟略，再能呼风唤雨，要是对家乡人不提携不热情不关心，那就休想在家乡不听几句闲言碎语。

凤凰人鄙薄攀附，崇尚傲气傲骨，尤其佩服那些敢跟大角色叫板的人物，他们爱赌狠是出了名的。有些顽劣的男孩子，从小就习惯于把削尖的竹版挂在裤带上，遇到厮杀的机会赶快拿出来做武器。男人们用刀或扁担在街上决斗，做妻子的决不阻拦，只不过把幼小的孩子拉过一边罢了。军人们之间互

老井（1982）

相砍砍杀杀纯属正常，可是谁要暗算行刺，即使得手也只算得上懦夫一个。剽悍勇猛不怕死敢拼命，在任何场合都是大有作为的，就连集会上上刀梯一类的法术，也带着很浓的赌狠色彩。动手之前先大吹大奏，引得远近数十里的人众踊跃前来，有时观众达上万人之多。所谓传法念咒、雄鸡放煞、封刀开刀一类讲究，不过履行仪式，真正能够鼓舞人心的，是在排行仰望的男女面前，踩着刀刃爬上几十米高的长梯，那种居高临下的威风，那种无人敢比的勇气，给人的满足可以让竞技者忘却一切练习的辛苦。纵然在成功之前，为这流过再多的汗抑或血，也值得。对手越是个人物，斗起来就越长精神，陈渠珍与蒋介石斗狠的经典故事，在凤凰就流传得颇为广泛。

话说 1938 年，自清朝武备学堂兵目队学员算起，陈渠珍在军队中的履历足有了三十五年，历经营长团长师长军长各种官阶，已是中将军衔在肩。随着抗战时局的变化，国民政府迁址武汉，并将进一步迁往重庆，作为川黔屏障的湘西就具有了更重要的战略地位。蒋介石通过当时的湖南省政府主席张治中得知陈渠珍在湘西地方上的影响力，希图利用他来巩固湘西这道可能成为抗日前沿的防线，电召陈渠珍到武汉一见。陈兴冲冲拿着张治中的亲笔介绍信前去谒见委员长，不料蒋介石见到他只是三言两语，居高临下说了一套国府要迁重庆，湘西就成了西南大门，地位极为重要，你过去干得不错，今后更要好好干等等例行公事的话，不等陈渠珍有所表示，就翩然而去。

此等官场应酬让这个性情高傲的凤凰人很不舒坦，自尊心大受伤害。他愤然取消了拜见陈果夫、张群、何应钦、陈诚等人的计划，立时回了湖南，取出那一沓不曾派得用场的介绍信还给张治中说："委员长待人太轻侮，我有点儿受不了，别的大人物我也不想见了。"张闻说吃惊道："多少著名人物欲求蒋一面而不得，他能接见你而且勉励你，就可谓特别了。"陈以沉默表示不以为然，张于是叹气说："你毕竟带有几分山野土气呀。"对这样的评语，陈渠珍并不觉得刺耳，虽然他并非不知道"得低头时须低头，得弯腰时且弯腰"是官场上的金科玉律，可一旦自尊心受到伤害，他会被个性的本能驱使，什么都不管不顾。辛亥革命以后他在湘西镇守使田应诏手下当参谋，因无实权，常被同僚所讥笑。有次中营游击滕某宴请军政要员，在席间戏谑陈说，参谋参谋，就是参事参议谋衣谋食。陈渠珍一怒之下当场揪住这位上司，饱以耳光，事后不得不弃家而逃，跑到四川去投奔江湖上的朋友。

1939 年，与陈渠珍私交甚好的张治中，见他受到继任湖南省主席薛岳的排挤，特别安排他去重庆会见当时的国民政府军事委员会政治部部长陈诚，以期改善他的处境。因张治中深知陈渠珍个性耿直高傲，而陈诚当时在国民党政府中也是炙手可热以傲慢出了名的人物，故事先特别嘱咐他对蒋委员长的这位红人要谦恭一点儿，奉承几句。

没想到陈渠珍在宴会上竟然一句奉承的话都不肯说，有时还有意无意针对陈诚的狂妄露出轻慢的表情。张治中看在眼里急在心里，频频在桌子下边踩陈渠珍的脚尖，他还是我行我素。宴会后，张治中埋怨陈渠珍说："你这个人怎么一句客套话也舍不得讲？就是字字珠玑也要吐几颗嘛，不然怎么求他通融？"接着又建议陈渠珍回访陈诚，补救一下。陈渠珍婉拒了张治中的建议，说："我的年龄到底比他大许多，为一官半职乞求于他，太不像样子。"张治中听了暗暗叫苦，早知陈渠珍如此心高气傲，就不该安排他与陈诚见面，这下说不定没帮上忙，反而给了陈诚不好的印象，弄巧成拙。果然，后来陈诚不但不成全陈渠珍，反而指责他曾在湘西"养匪纵匪，放匪收匪"，使蒋介石险些下令将陈渠珍扣押。

过了些时候，张治中通知陈渠珍说，委座听说他要回湘西，准备再次召见他。陈渠珍听后不但不肯去，反而说："宁为庶民，也不折腰为官。"张治中暗中佩服这个凤凰人的骨气，口中也不得不劝说道："小不忍则乱大谋，你的个性太刚直，要吃苦头的。"陈渠珍事后对友人说："蒋介石的住房里有许多狗洞，我就是不能丧失人格去钻上一钻，求个一官半职。"

陈渠珍在湘西经营了大半辈子，他的经历中曲折离奇的故事多得很，可是他的同乡不论长幼总爱重复讲述他跟蒋介石斗气的一段，在凤凰人看来，陈渠珍是他们历史的代表，有资格跟他来赌狠的对手，非蒋介石而不能过瘾。至于陈统领为了他的负气，付出了历时七年被迫流离失所的代价，他的乡邻多半闭口不谈，那段经历显不出什么狠来。

大侠金盆洗手后

凤凰地方历史上游侠辈出。游侠精神的生长，当与凤凰人气质中的浪漫分不开。这种土生土长的浪漫与风花雪月情怀并无多少共同之处，而是由歃血为盟、两肋插刀、引颈向刃、视死如归这些震撼人心的细节支撑，在漫长的年月

清净的东正街（1980）

里驰骋着凤凰男子的幻想。

司马迁在《史记·游侠列传序》中，对游侠大加赞赏，说他们“其言必信，其行必果，已诺必诚”，为了救人于危困可以不惜自己的生命，等到帮人脱离险境之后，却并不夸耀自己的能力，也羞于吹嘘自己的恩德。这样轻生重义救急救难的义志，被正统的国史所不容，让司马迁感到愤愤不平，对那些“乡曲闾巷布衣匹夫之侠”，他投入了更多的感情，认为被人称颂的大侠吴季子、孟尝君、春申君、平原君、信陵君一类，不过是凭借着册封之地与卿相之位的优厚条件，才得以招纳天下贤士，等于顺风而呼，让他们的侠义之名流传远久；而身为平民布衣，居住于乡曲闾巷的侠士，想在修养品行与恪守节操方面有口皆碑，是何其之难。只可惜他们一直被儒墨各家的典籍排斥，埋没在历史的烟尘之中。太史公在《史记》中，专门为记载汉代游侠事迹而作《游侠列传》，在为民间的侠士们树碑立传的同时，也表达了他自己对正统史观的反叛情绪。

湘西凤凰的游侠当然属于太史公情有独钟的“乡曲闾巷布衣匹夫之侠”，更何况他们所处的地理环境，还是崇山峻岭中的化外之界呢。在凤凰众多游侠中田三怒的名字是最为著名的，这个人的故事多少年来被他的乡亲们口传笔载，其身后哀荣无人可比。

田三怒十二岁开始混迹江湖，十五岁时为了结某个朋友的私怨，只身奔赴七百里外的常德府杀了那仇人，将死人一双手齐齐砍下送给朋友，因为这双手曾触摸过属于朋友的某妇乳房。诸如此类的惊人之举，使得这个人在二十岁光景已是闻名于川湘黔鄂边区的龙头大哥。辛亥革命前夕，这位爷曾在各省边区号召数千人马，来凤凰协助当地哥老会、光复军扑城反正，事败后在江湖上虽败犹荣。四十岁以后金盆洗手，散尽身边的弟兄，回家养马斗鸡种花狩猎，仿佛把前半生叱咤风云的经历全都抛在脑后。

为生计着想，田三怒在凤凰县城的虹桥口开了间米粉馆，吩咐家人与伙计，凡昔日兄弟朋友前来光顾，一律热情款待不得怠慢。殊不知田三怒闯荡江湖的年月，慷慨豪放一掷千金的名声早在地方上尽人皆知，跟人赌钱，眨巴眼儿的工夫输掉银圆一两百也不以为意，从不反悔放赖。于是旧日兄弟前来吃粉，回回都只赊食记账，田从不开口索要欠款，白食客越来越多，日久天长也吃出不少亏空。田三怒骑虎难下，只好在某天深夜将店中家什移出，再放火自焚粉店，借火灾之故了结这桩倒贴本的买卖。

地方上有不更事的少年人决意交结昔日英雄，听说这位偶像人物要去赶墟，于是早早到了墟场，专拣浓眉大眼身高体壮，走起道来一路顺风的汉子追随，找个机会纳头便拜。结果反弄得被拜的一个慌忙捂了他的嘴，低声喝道：休得胡言，要是让三爷知道误以为我冒了他的名，我还有命？少年正待求教错认的偶像，忽然那汉子将嘴巴一努，少年会意望去，只见当街正有两人办交涉。一个着紧袖密纽打衣，穿青布长裤，裹腿，赤脚踩双结实的麻练鞋，佩牛皮鞘彩穗双刀，头上缠的青丝帕在耳后垂下三寸长的头子，这副打扮加之身高八尺以上，看上去豪气万丈，而且凭耳边下垂巾角的长短，明摆着是江湖上耍大哥的角色。另一个蓝衫小帽，白袜布鞋，身材矮小干瘦，面庞黧黑，怀里抱一只红冠彩羽大雄鸡，说话声音秀气柔和，好比一个脾气最好的乡村小学教员，对调皮的孩子循循善诱。

只听得矮小的秀才说："这位弟兄，好悠闲嘛！该不会忘了上回耍钱你还欠我三百吊呢？"

高的闻说，先怔了，自己并非凤凰城里人，只不过闲来无事到这边来逛逛街市，搜肠刮肚想不起自己何时与这位曾未谋面的爷一块儿耍钱还欠了债。湘西的侠义之士最忌翻悔放赖行径，赌起钱来，挥手之间无论黄牛一头银圆二百，认输付账扬长而去，即使心疼肚痒，表面上也决不经意。欠了赌债不还，且区区三百吊而已，岂不是要坏了一世英名？对方显然不是想勒索钱财，而是另有原因。出于江湖闯荡的经验，知道这种毫无来由的事情一定要小心对付。虽说英雄气短，在别人的地盘上，仍然不可率性而为。

见对方迟疑不决，矮的又说，这么作难怕是手头不济，宽限你三天，三天之内把钱送到红岩井五号田三怒府上，一切好说。

高的本来强忍火气怒而不言，一听这地名人名，顿时像霜打的茄子蔫了半

小五金工匠（1980）

截，醒醒神揉揉眼，再次打量这位半路杀出来的程咬金，敛声问道："敢问爷就是名闻四省边区的田少峰田三爷？"

矮的把谈话间让雄鸡拉了一衣襟的稀屎掸去，笑而不答，只把手指尖上的鸡屎在高的头帕吊角上擦了擦，迈着不大不小的步子，往斗鸡场而去。

高的愣在当街，进退不得。有好事的人去耳边告诫道，你怎么敢在田三爷的地盘上吊起三寸长的头帕尾子称大哥呢。只要你三百吊，算你运气好。

高的这才知道自己的英雄打扮恼了旧时的老英雄，忙把头帕尾子连同鸡屎一同掖进帕子里，掉头往城外去了。

不更事的少年人见了真佛一般，紧随矮个子其后，只见那位英雄一路见到长辈必闪身让路，见穿了长衫的读书人等不论长幼都抱拳问候，到了一个卖姜糖的瞎眼睛妇人摊子上，丢下一串铜板，不等敲糖上秤已经口称伯母免了，继续走他的路。

少年人看得目瞪口呆，从此每天在红岩井 5 号田府门前徘徊，倒想看看三天之后，那全副英雄打扮的外乡好汉，如何来回复这个如乡巴佬和气纯良的湘西一霸。会不会闹出什么出人意表的事件来。

第三天下午时分，那好汉果真来了，只是浑身装束全然乡里扳禾佬打扮，哪里还敢在头帕下边留什么尾子？背头背一沉甸甸的袋子，想是冤枉欠得的三百铜钿了。畏畏缩缩进了大门，只须臾片刻又畏缩着出来了，一路作揖打拱，口口声声：下次不敢了下次不敢了。小个子英雄送客到了大门口，瞟见看热闹正看得过瘾的少年人，将手上沉甸甸的布袋往他怀里一塞说，知道墟场上卖姜糖的瞎婆婆吗？把这点儿铜钿送给她过年添衣买肉吧。少年人正愁仰慕英雄又不得近其身，得了这个使命自然激动万分，接过口袋狂奔。小个子英雄在后边轻声嘱咐道，后生仔，看你成事不成事，多少数，我日后要问瞎婆婆的。少年人边跑边答话说，当然诚实当然诚实。两个人一应一答，竟有异曲同工之妙，小个子英雄因此注意到这个少年人，并心存好感。

少年人果然一毫不差把钱两送给了瞎婆婆，也因为这桩事，成了小个子英雄的贴身随从。地方上凡有要救济的孤寡，要排解的纠纷，要征治的恶霸，以及遇到什么节庆出资办场合，样样都少不了个子小名气大的英雄出面，少年人一一看在眼里记在心上，立意这辈子要当一个这样的名人侠士。他一心跟随大侠左右，直到有一天……

小个子英雄在 1924 年秋天的某个拂晓到凤凰城北门的河边去饮马，遭到存有旧怨的对头暗算。两个刺客在高处向他身后打了十几发子弹，英雄中弹倒地之后，挣扎着从怀中掏出防身用的小手枪，佯装已经毙命，等待刺客前来验尸。当那刺客来到面前时，扬手一枪，要了其中一个的性命，并对另一个高声叫骂，狗杂种，暗算老子，叫什么男人，算什么本事！那个听见，如戳了疮疤一般，恨恨地抽出刀来在小个子英雄颈上砍了一刀，落荒而逃。原来在凤凰游侠行当中，崇敬明打明的格斗，鄙视暗中谋害，要是决斗尚讲究以一对一，纵是手足兄弟面临危险也只能相看不帮。仇人受伤倒地，即不可再行诛杀，只能让命运安排受伤者的生死，否则就要被行内弟兄耻笑。种种规矩的履行是一个男人最终是否能够成为大侠的标准。小个子英雄一生中规中矩成了大侠，但结的怨与积的德成正比，终逃不过仇家的暗算。少年人知道，他的偶像小个子英雄，对于这迟早要来的暗杀，其实有所准备，因为不管在什么场合，无论坐或者站，英雄一定要背靠墙壁，出门行路也总眼观六路，随时注意八向动静，机警非常。大侠妻妾三人赶到河滩，看到他们当家人的头颈部仅剩下一点点皮肉相连，惨不忍睹，不禁抢尸痛哭，被她们的婆婆厉声喝止。老太太默默流泪，命家丁将儿子的头颈缝合，裹以青色绸巾，入殓时又给佩上木制手枪及匕首，方才盖棺下葬。小个子英雄时年四十五岁。

田大侠在世时虽子弟众多，由于其洗手多年，手下大半为商的为商，从军的从军，有的或已落草为寇，时间一长，他的死且被人们渐渐淡忘，只有少年追随者牢记在心发誓报仇。十数年之后，当年的少年人投军数载俨然成了一团之长回到县城来驻军，寻个事端将昔日谋害大侠的唐姓主谋逮了押在狱中，逼死为止。至此完整了凤凰城中最后一个侠客的故事。

北城门更夫轶事

在凤凰城，北门口码头是沱江上一个不可不提的去处。沿它的青石板阶梯往上走，就是著名的北门城楼。数百年来，北门城楼历来是兵家争夺要冲，今天看上去，这座有着四百多年历史的仿唐建筑，虽经后人多次修缮依然瘢痕累累面目沧桑。它高高伫立于码头之上，亲眼目睹过 1911 年的革命中，这座码头上演过的惨绝人寰一幕。

经过了上百年时光的淘洗，河边沐浴过几千人鲜血的青石洁净光滑，未留一丝痕迹，身历其境的人业已一一作古，码头与河滩的历史也不再有人讲述。码头上一大早总是集合了城郊进城贩卖蔬菜的苗家妇人，她们在清澈的河水里洗着绿的菠菜白的萝卜紫的茄子红的地瓜，一边高声大气用外乡外族人听不懂的语言说些什么开心的事，把方圆几里路内居家人的晨梦以及河面上的雾都搅散了。等太阳把虹桥风雨楼上的每一个窗棂都照亮了，河边的码头上已经不见了苗妇们的影子，仅留得她们的嬉笑声，一路往城中的早市去了。

只有当电视电影摄制组偶尔选了这里来做外景地时，才会将水火升腾硝烟弥漫的旧景象再现，而凤凰人则拖娘带崽杂在外来的游客中，饶有兴致地观赏，并不因为这些场景里或许染着自己先辈的血泪而有更多感慨。青春靓丽的女演员扮演着在此地家喻户晓的萧萧、翠翠，婷婷袅袅甩一条长辫子从码头旁边的

壁辉门（1980）

跳岩石桥跑过对岸去会心上人，看客们会发出一阵善意的哄笑，那笑声里照例是要含有几分自豪的。

摄制组撤离之后，历史再次沉入涛声顺流而去，跟一场已经结束了的戏剧并无差异。老人们收敛了被复制的回忆勾引出来的浊泪和心思，上了久违的北门城楼，发现童年时代粗不可搂的楼柱，柱脚着蝼蚁们年复一年的啃食，业已成了细细的一个倒锥体，好像用力一推就可连齐根断去。楼台的石板地面坑坑洼洼的起伏，使他们蹒跚的脚步变得更加不平不稳。这倒让他们想起了小时候捉强盗的游戏来，同时想到了一个人，也就是守着这城门过了大半生，先当刽子手后当梆更夫的五麻子来了。

当惨烈的革命已经有了些年头，北门城楼上的旗帜也已由大清的龙旌换成了民国的青天白日时，每天夜里循序渐进，凤凰城飘荡着此起彼伏的梆声。一更“头梆”，二更“二梆”，三更“沉梆”，四更“催梆”，五更“醒梆”，夜夜安抚着山城人的梦境，仿佛口口声声告诉他们——平安无事喽。东南西北四门，各有各的更夫，无外是没有依托的孤寡老人，勉强应付一份口粮的差事。只有北城门的五麻子与其他人不同。

五麻子年轻时节从没有设想过自己晚年要沦落为一个更夫。

五麻子其实不是真麻子，二十三四岁年纪标标致致一个后生，在清军直属苗防屯务处第二队吃粮，不仅马上地下都有一身好本事，还是当地最优秀的刽子手。

那些年时有苗民起义、革命党串联的事，或者在县域内杀人斗殴等等的案子，被县太爷下手抹朱勒了一个斩条，定会派穿红号褂子的传令兵到教场坪去，朝正练习武艺的战兵行列里喊着五麻子的学名道：“衙门里有公事，午时三刻过西门外听候使唤。”五麻子就知道今天要杀人，自己又有三钱二分的赏银可领了。于是，着急吃过午饭，穿上双盘云青号褂，包起皱丝青头帕，从墙上取了一尺二寸长的鬼头刀，醮水磨个雪亮，看看午时将近，就稳步往西门外去了，后边还跟了一群等着看热闹的兵丁百姓。

时辰一到，只等监斩官点头示意，五麻子就放轻步子，走近跪在地坪中间

城中清闲的居民（1998）

那个被五花大绑甚至还用什么脏烂布子塞了嘴巴的人，鬼头刀藏在右手的肘子下边。

五麻子用目光测一下那低垂的头下边脖颈子的长短，心里就有了数，围观的人只见得他手臂一挥，连刀光也不见闪一闪，一颗人头已在地上滚去好远。人群里照例是惊叹声四起，不知是为五麻子的绝技喝彩还是为落难者的命运悲叹。这时候的五麻子一张脸必是容光焕发了，嘴里还咕咕噜噜说些道谢的话，把鬼头刀从肘子下边取出一晃，竟然还是雪亮雪亮的，纵有血迹也不过一丝丝而已，五麻子身上当然也是干干净净。

当即领了赏银，每颗脑袋三钱二分，转身就去街头小店，招了一帮同队的弟兄大碗喝酒大块吃肉，边吃边在别人的颈子上比比画画，说明从哪一节骨头缝里下刀最好。五麻子素来敬业，杀人之业也不例外，平日里见着脖子过长与过短的人，便要多看上几眼，心里掂量倘若下刀，如何处置。

1911 年的革命到来的时候，五麻子浑然不觉。只是隐约听见有些多事的人常常议论同盟会、哥老会、光复军以及武昌起义一类闻所未闻的事，并有人对他说：“五麻子，过阵子恐怕有的是脑壳叫你斫了。”

果然扑城的革命党同守城的兵打了一夜的仗之后，天王庙里就押满了四乡捉来的人犯。县太爷让这些被胡乱捉来的乡下人自己掷竹筊定生死，胜筊阳筊者开释，阴筊者斩首。掷出了阴筊的人，被五麻子他们牵到河岸上，跪倒一片，鬼头刀一路撞过去，即时首身异处。一连几天杀下来，五麻子已经记不清自己

香火是这样延续的（1981）

大户人家的庭院（2002）

的刀刃下边有了多少冤魂死鬼，反正县衙门早就说了话，这次的脑壳不能以三钱二分一颗来计算了，五麻子也知趣，既然人犯的脑壳见天都是一担担挑到衙门里去报功，要是颗颗折合了银子，那还了得。不过他同时也相信这些脑壳总不会是白掉的，县衙门最终总会有些犒赏吧。

那些天是五麻子一生中最为亢奋的日子，杀人杀得眼红手顺，全不管这些人为什么被杀以及该不该杀。北门城楼和衙门口的鹿角上、辕门上到处挂着血糊糊的人头和一串串的人耳朵，缴获来的光复军攻城的云梯上，也挂着许多颗人头由官兵抬来靠在道尹衙门边的墙壁上。在五麻子看来，与其说是悬首示众，不如说是在展示他和兄弟们的技艺和成果。作为一个刽子手，五麻子从来不关心这些脑壳该不该被斫，而只关心有没有脑壳可斫以及斫得漂不漂亮。这很有些像筸军的一个缩影，只要有仗打而且打得勇敢打得漂亮就行，替谁而打为什么而打是次要的。

事情的结果当然是五麻子不但没有得到赏银，反而在第二年本地革命成功之后差点丢了自己的脑壳。幸而有个同队的兄弟是革命党在屯务队里的卧底，与他私交不错，救了他一条性命并给他谋了这个更夫的差事。

一个刽子手尤其是失了业的刽子手，在人群里的名声不会好到哪里去。五麻子当了更夫之后过起了昼伏夜出的生活，年过半百还找不到愿意嫁他的妇人成家。浑身的精力只得投入到敲梆的工作中，其敬业的程度并不亚于当年沉迷砍脑壳业务。

五麻子时不时会在街上拉一个熟人问："如何？昨晚沉梆换催梆的点子敲得密不密？"要是被问的人表示睡得熟了没有听见，他就会很诚恳地说："那你今晚注意听，我再好生敲一盘。"人们见着他那幅急切的样子都笑，将他讥为"潮神"，也就是精神病的意思。

年复一年，五麻子伴着夜夜的梆声老去。当了更夫之后，五麻子也还有过一两次重操旧业的机会。有一回杀的是在县小学当教员的夫妇两个，据说他们是共产党。五麻子一向认得这两个文质彬彬的读书人，特别是那个女先生，长得好人又和气，见了人整天笑眯眯的。斫她的脑壳的时候，五麻子手有点软，所以斫得不怎么利落，皮肉连着，脑壳就没能按规矩应声落地，五麻子觉得这是他刽子手生涯中的一个败笔。

五麻子越来越老了。越来越老的五麻子特别好酒贪杯，故而早早露出了下世的光景。精神好的下午天，有时他会把那把毙命无数的鬼头刀拿到北门

夜卖（2013）

城楼上去把玩舞弄，那宝刀虽说刀口还留得有一些细小的缺口，可一经出鞘仍寒光凛凛，很有些不甘寂寞的意味。黄昏的太阳光照着五麻子老去的脸和不老的刀，以及北门城楼上荒草萋萋的飞檐，看见的人都知道这幅图画不久将要消失了。

五麻子值更值到最后一个晚上，按时给城门上了闩下了锁，又按时按点敲出了一更的头梆二更的二梆，等到三更时分，其他各门的沉梆都依次敲响之后，北门这边还无动静。全城的人都在熟睡，没人听见其实在二梆的时候，北门的梆声已经迟缓了许多，点子也轻飘飘的没有多少气力了。

第二天五更之后，北门外边卖菜的乡下人拼命用扁担砍着城门上的大铁环，也不见五麻子哼着小调来开门，还以为这家伙喝醉了，只好嘟嘟噜噜担着担子绕到东门进城。

给五麻子收尸的更夫说，五麻子的死相极端狰狞，龇牙咧嘴的，好像刚跟什么人打了一架。于是有阵子小城里就有了一种恐怖的传说，说是五麻子刀下的冤魂们找他报仇来了。众多冤魂中有些已经投胎转世，那些没法投胎的，或是家人裹葬的时候没把脖子给缝好，或是头颅被取来挂到城门上示众，不曾跟身子埋在一处，到了阴间还是残缺不全。先前五麻子身体壮阳火高，死鬼们也奈他不何，现在眼看他鬼头刀也使不利落了，就邀齐了来报仇，在三更时分索了他的命去。

北城门本来因了杀人太多总有几分肃杀之气，加上五麻子神秘的死亡就显得更加肃杀。这个门的更梆从此没人敢于接下来敲，到了城门上闩下锁时，其他门上的更夫邀着伴来办理，照例不敢久留。再过一些年，敲梆的更夫一个个老去，打更的职业无以为继，凤凰城的夜晚也就听不到梆声了。

有个不知名的电影导演，知道了五麻子的轶事，一心想把它编成电影。设想那里边又有革命又有暴力，还有边地小城的风土人情，人物命运又颇具传奇色彩，上座率一定错不了。导演很认真，一趟一趟来凤凰采风，一来必到北门城楼上转悠，恨不能把每一棵柱子每一个门钉每一块砖头都摸上一遍。城门内垛上有两个镶在石头里的半圆形铁环，导演认准了是当年挂过人头或者人耳朵的物件，拍了照记了笔记，准备开拍的时候派用场。

北门城楼的破旧程度很让导演满意，门上的油漆早就没有了，闩门的门杠被往来的行人当成歇脚的长凳你坐我坐，也早就不方不圆看不出形状。从城门外边往里边拍个中景，小铺小店的门面还是上木板而不是铁皮卷闸的，不用做旧，只需把可口可乐的冰柜往后边一推，将柜台里红红绿绿的塑料袋包装的饼干糖果换成土产糕点、针头线脑、纸钱神供、皮货布鞋就可还原到一百年以前。

导演的敬业精神跟他的主人公五麻子有共通之妙，只可惜他亲自执笔的本子几易其稿越改越让他犯踌躇。按照主旋律的要求，关于那场革命最主要的是要颂扬凤凰人民可歌可泣的事迹，而在这部电影里，主人公是一个以屠杀百姓和革命者为快的刽子手。将这个人物脸谱化吧，凤凰光复军的英雄事迹也会跟着被漫画化，要是按正剧处理，这个人物的立场跟整个革命相背离，他的一切情感活动都脱不开对革命的态度，如何展开？最后导演决定把他处理成一个双手沾满人民鲜血的阿Q，来一个哀其不幸怒其不争的基调，什么都解决了。

据说，导演决定拿出当年样板团十年磨一戏的劲头，好好打造这部电影，按他的设想，这么有东方情调和人物传奇的影片，只要下得大功夫，很有希望到洋人那儿去拿个金棕榈或者金熊银熊什么的奖项来。

据说，导演还想根据自己的采风体会，给凤凰县政府提个建议，希望他们能把小城里敲梆报更的传统恢复起来。你们尽可能想象，夜深人静的时候，空旷的小街上路灯拉长了更夫的影子，竹梆之声悠扬沉郁，一下一下把满城人的梦都带回到几十年前去了。这样的意境，别的地方哪里找得到呢？

影子一样的蛊婆

有关蛊（音gǔ）婆的记载，跟赶尸的传奇一样，是凤凰历史与传说中最神秘的篇章。本地人对蛊婆的现实存在坚信不疑，民间一直有“无蛊不成寨”的说法。在凤凰的访问中我花费了许多时间来寻找她们，但她们就像暗淡月光下朦胧的影子一样时隐时现，有时候，你甚至以为她就在你的近旁，只要再坚持一小会儿就可以见到其真容了，她却又一次遁入迷雾般的暗夜里逃得无影无踪。

多年以前，我儿时的一个同伴猝死于湘西苗寨，死时刚满十六岁。本来，按照那时候知青下乡政策规定，她完全可以留城待业，可是她被高年级同学鼓动着，私下里改大了自己的年龄提前下乡插队去了。临走她兴高采烈来我家告别，对我说了好多有关湘西苗寨令人惊诧的风俗轶事，最后，她把嘴巴对准我的耳朵，用地下党接头时所用的那样机警神情巡视过四周之后，才慎之又慎地小声说：“听说那儿还有蛊婆呢！你知道蛊婆是什么人吗？就是把毒虫制成毒

窄巷幽深（1980）

药藏在指甲里，碰见不顺眼的人就放蛊让他生病翘辫子那种老巫婆。”（我清楚地记得她用了“翘辫子”这个词来代替“死亡”。）

“什么叫放蛊？”我问，同时感到身体在九月凉爽宜人的风里一阵哆嗦。

“就是趁你不注意的时候，把藏在指甲里的毒药弹在你的茶杯里，你喝了以后就莫名其妙生病了，过不了多久就没命了。”她很在行似的说。

“那你们还到那儿去，多危险呀？！”我说，身上的每一根毫毛都惊悚地站立起来。

“危险什么，我们这么多人还斗不过一个老巫婆？不光用不着怕，我们还要主动出击进行侦察，非把隐藏在贫下中农中间的蛊婆揪出来示众不可。”她斗志昂扬地说，好像她下乡不是为了接受贫下中农再教育，而是专门去替贫下中农消灾除害的。

我被她的斗志所感染，突然觉得她跟电影里的地下侦察员一样勇敢和令人敬佩。要是我当时不只是个小学毕业生，而是跟她一样有了十五岁年龄和一米六二的个头，说不定也会一时冲动把年龄改大了跟她一块儿走。

“那你可得小心点儿。”我很替她担心。

“没事儿，只要我不喝老太婆的茶，她就拿我没办法。所有老太婆的茶我都不喝不就完了。”她故作老练地拍拍我的头，走了。

记得那一天我眼巴巴地站在大门口的马路上，看着我的朋友踏着满地枯黄的落叶走远，一直走进秋天的黄昏深处，心里乱糟糟说不清是惜别还是羡慕。

我第一次听说了“蛊婆”这个词，知道了“放蛊”这件事。

一年以后，我得知了这个朋友的死讯。消息很不准确，有人说她是上厕所的时候被毒蛇咬死的，有人说她是中了蛊，在一个毫无预兆的深夜大叫一声，旋即气绝。

我为她的死感到特别难受。我深信她是中了蛊，而且毫无根据地认为她一定是吃了蛊婆给的什么好吃的东西了。肯定是这样，她来跟我告别的那天，光说不喝老太婆给的茶来的，并没说不吃老太婆给的东西呀。当时，到湘西插队的知青因为吃不饱肚子，在老乡家偷鸡摸狗被打死打伤并酿成恶性斗殴事件的

刻满历史印记的城门（1983）

传闻，在长沙的街头巷尾流传甚广。我推测她肯定是饿得受不了，吃了要命的东西。她怎么就没想到，既然蛊婆能把蛊下在茶里，也同样可以下在食物里。况且知青们本来不讨老乡喜欢，她们一伙人还肩负着揪出蛊婆的任务，万一走漏了风声，蛊婆还不会先下手为强？她那样天真地认为只要人多必定势众，只要人多势众就什么都不怕了。她不知道死亡从来是不管人多不多势众不众的，当它真要降临的时候，每一个生命都必须单独面对。

从那个时候起，蛊和蛊婆作为一种可怕的事物在我的认识中变得真切和现实起来，好多年里这类资料只要过手，我必会细看，只要过目，就肯定不忘。当我着手写这本关于湘西凤凰的书时，蛊婆首先成为提纲的一部分。我下决心要通过各种关系去寻访她们，哪怕是雾里看花也得跟她照上一面。

据有关资料，放蛊是一种古老的黑巫术，两千多年以前的《春秋左传》中就有关于蛊的记载。宋人郑樵所著《通志六书》里甚至记录了制造蛊毒的方法，大意是说，将各种毒虫集中在同一器皿之中，任其互相袭击与吞食，最后存活下来的就是蛊，即毒虫之王。历朝历代官府都针对制造蛊毒行为有非常严厉的刑律，故放蛊巫术完全处于秘密状态，历代志书史记，关于蛊毒的记录数量虽然不少，总是寥寥数语，并且语焉不详，这就使蛊婆与蛊毒变得更加诡秘。

《乾州厅志》记："苗妇能巫蛊杀人，名曰放草鬼。遇有仇怨嫌隙者放之，放于外则蛊蛇食五体，放于内则食五脏。被放之人，或痛楚难堪，或形神萧索，或风鸣于皮皋，或气胀于胸膛，皆致人于死之术也。"

传说放蛊的手法有三到四种，以手法的不同可鉴别法术的高低：伸一指放，戟二指放，骈三指四指放，后果各不相同。一二指所放的蛊，中蛊人较容易治愈，三指所放就较难治了，倘若是三指四指所放，几乎属于不治之症，中者必死无疑。

中了蛊的人在将死前一个月左右，能见到蛊婆的生魂掩着面前来送物，行话谓之"催乐"。此后如果病家不能得到有效治疗，一个月内病人定会死去。治疗中蛊的病人，轻者郎中草药或还可以奏效，重者非放蛊者本人来解才有生

春雨 （1985）

路可求。

对于蛊婆旧时有多种方法识别真假。按《永绥厅志·卷六》的记录，真蛊婆目如朱砂，肚腹臂背均有红绿青黄条纹，没有就是假的；真蛊婆家中没有任何蛛网蚁穴，而该妇人每天要放置一盆水在堂屋中间，趁无人之际将其所放蛊虫吐入盆中食水，否则就是假的；真蛊婆能在山里作法，或放竹篙在云为龙舞，或放斗篷在天作鸟飞，不能则是假的。所有的真蛊婆被杀之后，剖开其腹部必定有蛊虫在里面，若没有就是假的。清嘉庆之前，苗人捉到蛊婆格杀勿论，后来不知何故，不敢再杀而是卖于民间，放蛊之术得以流传。

一般说来，蛊术只在女子中相传，如某蛊妇有女三人，其中必有一女习蛊。也有传给寨中其他女子的，如有女子去蛊婆家中学习女红，被蛊婆相中，就可能暗中施法，突然在某一天毫不经意地对该女子说："你得了！"该女子回家之后必出现病症，要想治疗此病，非得求助于蛊婆，蛊婆便以学习蛊术为交换条件，不学则病不得愈。因为一切在暗中进行，传授的仪式与咒语，外人无从得其详。

每个蛊婆都设有自己的蛊坛，藏在山涧、溪流或家中的隐蔽处，蛊婆需要非常谨慎地保护它，因为蛊坛一旦被外人发现，蛊婆自己命将不保。传说曾有蛊婆设坛在家，某天趁无人时用热水给神偶沐浴，不料被自己的小儿子看见。第二天，蛊婆上山砍柴时，孩子不知利害仿效母亲给神偶洗澡，结果因水温过高将附有蛊妇之魂的神偶烫死。再说那蛊婆在山中劳作，猛然间感到心促气短力不能支，心下明白定是蛊坛出了问题，不敢有半点延误，赶快回家沐浴更衣，收拾停当静卧床上，不过一个时辰已经气绝。

相传蛊妇放蛊中一人，可自保无病三年，中一牛，可保一年，中一树，可保三个月，如不放蛊，蛊婆自己就要生病，连续三年不将蛊放出去，蛊虫不得食就会伤害蓄蛊人。动物之中唯有狗不能放蛊，蛊婆怕狗也不吃狗肉。

史料中关于蛊婆的最近记载是民国十七年（公元 1928 年）凤凰县发生的一桩蛊毒案：有一苗人，两个儿子相继夭折，怀疑是同寨蛊妇作祟，便告到官府要求抄搜其家。结果在蛊婆床下抄出瓦罐，内有蛇、龟、蛤蟆等物，并有纸剪的人形。官府认为证据确实，即将蛊妇枪毙。

蛊婆就这样被记载被传说造就得神秘莫测，同时大大地拓展了人们对湘西的联想空间，也激发了人们的猎奇心理。六十多年前，沈从文先生写过一本题名为《湘西》的小册子，对家乡的风土人情作了全方位的介绍。在那本书的题记和引言里，沈先生很委婉地讥讽了外地人对湘西的误见与误传。那时候人们对湘西的印象，第一是苗夷化外之境，第二是土匪出没之地，第三是妇人多会放蛊，第四是男子特爱杀人，第五是路极坏地极险人极蛮，要去旅行差不多是探险，第六要是眼福好，或许能有机会见到一群死尸被赶尸人赶在路上行走，有车驶近时，还知道避让，就跟活人一样。诸如此类，大都是让沈先生这个湘西人听了觉得有些哭笑不得的传闻，他写作这本小书的初衷，大约是要还给世人一个湘西地方的本来面目吧。

看过沈先生的文章，我推测也许一般湘西人也会对有着猎奇之嫌的提问反感吧，所以每当涉及巫术蛊婆一类的采访时，我的态度就会变得十分谨慎，生怕一不小心惹恼了人家。没想到情形似乎跟我的设想大相径庭，在凤凰，与我谈起放蛊事情的人，无论男女老少态度都很坦然，绝无半点暧昧或回避的意思。有的人说起来，更是绘声绘色，从他们的叙述中我终于看到了深藏在历史迷雾中的蛊婆悲戚的面影，并且最终知道了她们的身份往往是被人们用口碑来确定的，而这种口碑的基础往往植根于某个倒霉的邻居毫无证据的臆想。

我们可以根据人们的叙述走进某个蛊婆所在的山寨，我在本节的开头已经告诉大家，本地有句老话叫“无蛊不成寨”，因此寻找这样的山寨并不是多么困难的事情，也不需要鼓足勇气或者十分刻意。

正是春天，湘西大地被明黄色的油菜花和新出芽的绿树叶装点得赏心悦目，远山近水都因为春的来临变得清新，就像在这个季节里脱去臃肿的冬装满怀了爱情憧憬的少女灵秀而靓丽。那些藏在山窝的苗寨安安静静躺春天的怀抱里，被细雨和晨雾洗染，如女孩们刚刚洗浴过的面颊一样干净妩媚。当你走近的时候，心情忽然有了某种微妙的变化，因为你已经听到寨子里正有阵阵古怪的声响随风飘来，那是你迄今为止从不曾听到过一种声响。你预感到那儿一定发现了什么不寻常的事情。忐忑不安地走进了寨子，那些石阶铺就的路与石头砌成的房子跟你去过的其他寨子完全没有什么不同，不同的是你的感觉。你发现家家户户院门紧闭，村头巷尾空无一人，而那一扇扇紧闭的院门后边，刀斧在木板上狠斫的声音伴着诅咒什么人的恶言恶语，鼓荡出一种肃杀之气。尽管你完全听不懂苗语，可已经让这气氛弄得不寒而栗。再往深处走你听到了锣鼓响器，顺着乐声寻过去，你看到有一家人家院门洞开，穿红袍戴花冠的苗巫（本地称为老司）正在作法驱邪。堂屋中间有一个竹编簸箕，里边放着米粑、谷酒、刀头、清水、铜钱、纸钱，另有米一升插香三支，并伴以画了眼、鼻、口的鸡蛋五个。老司右手执筶左手执刀，对簸箕而坐，念咒请神同时卜筶，卜毕将雄鸡一只用线穿鼻孔，绕屋场而走，然后到野外三岔路口烧纸送神。咒语巫乐与街坊四邻斫得天响的刀斧之声相应和，把整个寨子弄得鬼气森森，不由得你要疑心鬼神就在附近的什么地方躲藏。你一步不落地跟着你的苗族向导，从他那里你得知，这家有人久病不愈，疑是中了蛊婆的蛊，于是全寨子家家用菜刀斫砧板咒骂蛊婆不得好死，一方面帮病家赶鬼，一方面预防蛊婆危害自家人口。苗人相信跟蛊婆只能相仇不能相好，越是与她相仇越安全，她的蛊就放不着你，与她相好反而容易受害。所以咒骂蛊婆的时候，都争着把自家的砧板斫得更响，把骂声处理得更恶毒，以表明对蛊婆的深仇大恨。

“他们咒的到底是谁呢？”你终于忍不住要发问了。

“这说不准，但她肯定在寨子里住。”向导回话的时候似乎有点迟疑，答案也很难使你满意。一个被整个寨子共讨共诛的人，难道是个影子不成？

看懂了你的表情，向导又补充说：“骂她的人心里明白，被骂的人心里也明白。”

“你能带我去看看她吗？”你问。

“不能，我不知道她是谁。”向导拒绝得非常干脆。

“那就问问寨子里的人，我只要远远看一眼就行，绝不跟她说话。”

“他们不会告诉你。”

向导是对的，没有人会干这件事情，替你指出自己寨子里的蛊婆。

但费尽周折之后，你终于弄明白了，原来这个千人咒万人斫的蛊婆是由人们用臆断推选的。这就是说，她很有可能是被冤枉被误指的。

事情的过程并不复杂。比如有个妇女去邻家放了个鞋样描了个花边图案，恰巧第二天那家的小儿子发起烧来，于是孩子的母亲忆起昨天那个妇女到家里来的时候，给小儿子一块儿新蒸的米糕。母亲疑心是那妇女放了蛊，将心思告诉了她的妯娌，然后妯娌们分头回去告诫自己的孩子，那个人是个草鬼婆（蛊婆另名），她的家你们从此不要去，她的东西送给你可不能吃。孩子们听信了母亲的话，把这些话传给跟自己一块儿玩的其他小孩子。孩子们回

“无蛊不成寨”只是个传说（1983）

家告诉了自己的母亲，母亲们在一块做针线活的工夫又把这消息传给了更多的人。一开始可能那妇人并不自知，如果发烧的孩子两天以后好了起来，她也可能在还不自知的情况下已经被他人赦免，一切如旧如常，这个妇女算是躲过一劫。然而假如那孩子病情日渐沉重甚至不治而亡，该妇人今后的命运将非常悲惨。

她的家门可罗雀，以前天天见面天天凑在一起做女红描花样一起嬉戏打闹唱山歌的女伴们，再也不会登门造访，在路上远远地看见她，胆小的像见了鬼似的夺路而走，胆大的顶多尴尬地笑一笑就擦肩而过。溪边井旁洗衣裳的妇女本来正在说笑，一看见她来了，都不约而同变了脸色，把洗好没洗好的衣裳一盆装了匆匆离去。小孩子再也不敢爬到她家的桃树上来偷果子吃了，要是你主动摘下来送给他们吃，他们会拼命把口水咽进肚里，做个鬼脸一哄而散。她去赶墟的时候形只影单，时常有人在她身后指指戳戳，她在山里砍柴在地里除草，再也没人帮她捆绑帮她上肩，她只能远远看着成群结伙的乡邻谈笑风生，肩负起小山般的薪柴蹒蹒独行。只要寨子里有人生病，她的屋前屋后刀斧铮铮骂声四起，声声直逼她的耳郭更穿透她的心房。

她回想起自己嫁到夫家的这些年，她一直守着妇道凭着良心为事做人，然而以往邻里和睦夫妻恩爱的日子，全都因为一块米糕和一个孩子的夭折而改变。女儿大了要出嫁了，相中的小伙子却被家长们逼着离她而去，丈夫因此成天阴沉了一张脸，再也不会替她掸掸肩上的灰尘擦擦脸上汗珠或泪水。她想过要对人们申诉自己的冤情，告诉他们那孩子的病跟她没有任何必然的联系。可是没人愿意听她的话，甚至她完全没有机会说出这些话，她知道这是一件永远说不清道不明的事情，不管她跟谁提起这件事，他们都会说，你怎么知道人们斫着砧板骂的就是你呢？难道你真的做了什么亏心事吗？

一堵看不见摸不着的墙隔离了她和所有的人，她就像生活在一个透明的华盖之下，不曾翻身已经碰头。日子长了她也死了心，放弃了任何讨还清名的企图。她越来越怕见到人，就像人们越来越怕见到她。她在年复一年指桑骂槐的声浪中老去，夜复一夜的哭泣让她熬红了眼睛而且见风就流泪，她已经多年没有唱过歌，把一副又甜又美的嗓子嘶哑了，她不再需要再为丈夫当户理妆，于是不光衰老了容颜也褴褛了衣裙，成了全寨子最邋遢最丑陋的老女人。她就这样背着草鬼婆的名声走完了一生最后的路，她死后人们掘地三尺，并没有发现传说中的蛊坛和任何神偶纸人，可寨里的人仍然松下一口气说，这下我家的伢崽可以平安长大了。

然而，没有多久另一个不幸的女人被指认为新的蛊婆，因为大家并没有忘记“无蛊不成寨”的说法，这是祖辈们留下来的成规。这个女人的结局也必将是穷苦而寂寞的。

最后的土匪

说到湘西，自然要想到土匪。新中国成立前湖南是全国匪患最严重的地区，而湘西的匪患在湖南又首当其冲。这一带山高林密，交通闭塞，特别有利于土匪盘踞。故湘西地方土匪出没由来已久，官军屡剿不灭，几百年来弄得百姓不能安居，商旅视为畏途。到了国民党统治时期，湘西土匪已经发展到十万人以上，分成十几大股，占山为王划水为界，平时井水不犯河水互不相干，一旦发生火拼，那也是杀得昏天黑地血流成河。国民党在湘西剿匪，曾采取先分散收编，再一小股一小股找碴收拾的办法，但匪首们一旦上过当，也就学会了跟国民党的军队周旋，你来了他躲，你走了他再来。国民党多次派部队到湘西剿匪，发现最大的难题是分不清谁是匪谁是民。在苗区的一些寨子，青壮年男人扛起锄头下田就是农民，放下犁铧上山就是土匪。于是剿匪的国军烧房并寨，一经查到他们认定窝匪通匪资匪的人家，格杀勿论，搞得民怨沸腾。等到国军撤了匪军回来，又反过来查剿通国军的百姓，照例也是杀人放火。山民们横直都是一死，为不至于两面受害，有的索性真当了土匪。如此你来我往，国民党在湘西剿匪剿了多年，越剿土匪队伍越壮大，直到湖南解放后，解放军在湘西开展了长达两年的剿匪行动，才真正将全部匪患肃清。

屯粮山曾是土匪出没的地方（1983）

1950 年，我的父亲曾以新华社特派随军记者的身份，参加第四野战军四十七军执行的湘西剿匪行动，并写作了长篇小说《国防在后方》。尚未出版的小说手稿和相关资料放在一只黄色牛皮旅行箱里，箱子上边还有被湘西大山里嶙峋的尖石划出的大片伤痕。听父亲说，这只箱子曾经装着他专用的电台，在过一条山坳的时候，驮行李的马匹摔下深沟还拖下去一个警卫员。马死了，警卫员重伤，电台完全报废，只剩下这只箱子成为纪念。“文革”后期，当这只曾被造反派抄没的皮箱被退还的时候，箱子里的长篇手稿没了，只剩下一些零乱的纸片，其中有不少是当时部队的匪情分析和剿匪战报一类的内部文件。我从那些纸片里得到了关于土匪的常识，而且知道了对于湘西的历史而言，土匪是一个不可忽略的社会生活面。

在凤凰的采访计划里，自然少不了对土匪的访问，没想到却因此引出一个值得讨论的问题："什么叫土匪？"

一开始我对这个问题并不十分重视，自古以来对土匪的定义已经约定俗成，无非是指成群结伙打家劫舍或落草为寇呼啸山林的强人呗。

我的两个向导认为我的说法太概念了。这是两个年轻的苗族小伙子，都读过大学，对本地与本民族的历史和现状有较深的了解也有自己的见识。一个说，首先要排除政治的因素，中国历史上不同的政治集团常把敌对的势力称为"匪"，比如说国共两党就都曾这样指称对方。另一个说，在湘西人看来，杀人放火也不一定就是土匪，要看杀人放火的方式，一是要上山落草，二是要明火执仗，入室抢劫从后面翻墙进去或者从墙上挖洞偷偷摸摸进去的都不能算土匪，非得是从正门进来打劫的才算。

第一种说法倒不陌生，仔细想来事情的确如此，第二种说法却是新鲜，要讨论也还挺有意思。

为了让标准不至于太抽象，我向他们提了个问题，龙云飞到底算不算土匪？

龙云飞这个名字在我父亲留下的那些战报中曾屡屡出现。1951 年解放军在凤凰境内开展的"万人搜山运动"，就是为了剿灭逃匿深山的龙云飞而发动的。

据史料所记，龙云飞是凤凰县山江镇人，苗族，早年加入哥老会，辛亥革命时期参加光复军的凤凰扑城反正行动，1918 年参加护法联军，在军旅中步步高升，直至国民党少将军阶。1949 年 11 月凤凰和平解放，龙云飞父子曾一度成为新生政权的重要统战对象。朝鲜战争爆发后，龙云飞被国民党特务操纵，拉队伍上山建立反共基地，并在上山前将龙姓亲属老少三百多人戮杀。1951 年 1 月，在凤凰县万人大搜山剿匪行动中被围，受伤后自杀。

这些年来，龙云飞的身份一直是土匪头目，这一点几乎没有疑问。

可是我却听到了这样一种回答："龙云飞不是土匪。"

"怎么讲？"我问。

"他是国民党的将军，并未落草，不是真正的土匪。"

"他不是剥过活人的皮吗？"

我指的是凤凰县历史上有名的活剥人皮事件。

1931 年农历 4 月 8 日中午，凤凰县大田乡裁缝龙天胜，被龙云飞派手下钉在一棵大树上，手脚撑开呈"大"字，四颗大长铁钉钉住手掌和脚后跟。刽子手将龙天胜用酒灌得酩酊大醉，先用刀挑开龙天胜眉穹上方的皮肉将双眼遮住，接着割开其双颊和双乳，最后剖开腹部露出肚肠，让在场的人目不忍睹。被凌迟的裁缝直到黄昏还未气绝，酒醒后大痛，呻吟之声惨绝人寰，一直到入夜才咽下最后一口气。第二天，龙云飞着人将裁缝尸首扔到对面坡上的天坑里，算是给龙云飞的弟弟龙腾甲陪葬赎罪。

龙腾甲生前是国民党的团长，因病去世后留下年轻的妻子吴妹者在家守寡。吴见龙裁缝手艺不错人又生得好，将他请到家来做衣服，时间长达两个多月。龙二十六七岁尚未婚配，吴又是个三十来岁的寡妇，孤男寡女之间难免生些暧昧。吴一心想与龙做了长久夫妻，但也明知龙云飞会要为难他们，故对龙天胜说，除非龙云飞死了，咱们才能成得了一家人。两人只好在暗中你来我往，当然也有透风的时候。

再说当时已经当了麻阳警备司令的龙云飞，早年出身江湖，平时特别讲究名声，又特别忌讳闲言碎语，得知弟妹不守妇道，就决意要将二人除掉。吴事先知道消息，赶快打发龙裁缝回去。龙云飞派人在路上截住龙裁缝，带他去家中搜出吴妹者存放的衣物，然后连人带物押去龙云飞家里对其严刑拷打，致使龙天胜屈打成招，承认自己暗中串联打算谋杀龙云飞。龙云飞拿到供状，即命手下将裁缝带往弟弟坟前充当"谢坟"的祭品，待苗老司做完鬼事之后，剥皮祭坟。

与此同时，龙云飞叫人传来弟媳吴妹者一家，令吴妹者的亲弟弟开枪射杀他不守妇道的姐姐。吴弟年纪幼小，端不住枪，龙云飞又命其父代替。可怜吴妹者的父亲被龙家的枪兵所逼，望着哀哀哭泣的女儿不能相救，掩面将枪交给侄儿，昏倒一旁。最后，吴妹者的表兄被迫开枪将表妹射杀。

龙云飞为保全所谓大户人家的体面，不惜牺牲两个年轻的生命，手段残忍至极。可是在龙氏家族中，一些人慑于龙云飞的声威，还称道他严明家风，诛杀奸夫淫妇以儆效尤，实在是替天行道的事情。但每个对凤凰县历史有所了解的人，无不为此感到震惊。

1966 年 5 月山江黄茅坪村所立村史碑，碑文这样记录剥皮事件：“无辜的贫下中农 ×××，只因不愿给龙匪做龙袍，就被钉在树上剥皮挖心。”在这儿剥皮事件被彻底政治化，或许可以认为，即便在把龙云飞当做一个土匪恶霸来控诉的时候，他的乡邻仍然不希望把一种似乎是在维护道德规范的行为当成罪行来清算，总得给他找个合适的罪名才顺理成章。

黄丝桥古城（1982）

在龙云飞困死山林五十年之后，我问他年轻的同乡，这个人到底算不算土匪。他年轻的同乡们迟疑了一会儿，其中的一个说：“不算，要算顶多是一个政治土匪。”

“活剥人皮的事都干还不是土匪吗？受害人跟政治又有什么关系呢？”我问。

“但他剥皮不是为绑票撕票，也不是为霸人妻女田地，而是因为家族风化，这跟一个族长把本族中有伤风化的男女家法伺候或者沉潭法办的性质差不多，那些族长也不会因此被定为土匪呀。”对方答。

对于这个问题，他振振有词，我知之不多，权当如此算了。我想转向另一个话题，就问凤凰是否有过沉潭的事情。他们说沈从文曾经在文章中写过，但弄不清是在何时何地，无法证实。从他们说话的神情可以看出，他们对沉潭并不太感兴趣，而是更愿意把土匪的话题继续下去。

接着他们告诉我，龙云飞上山打解放军其中大有隐情，听说他自己并不想上山，而是被他儿子龙皋如所胁迫。其次，陈渠珍离开凤凰去省里投诚，曾嘱咐龙云飞等候他的消息，但后来对此有多种说法：第一种是陈渠珍为保持他在共产党眼中的重要位置，并不想让龙云飞起义投诚，故不曾给他写信；第二种是陈渠珍的确给他写信劝他投诚，但送信的人出于自身利益的考虑，一直把信扣在手里并没送到龙云飞手中；第三种是陈渠珍的信也写了，送信的人也将信送到了，但为时太晚，龙云飞已经跟解放军多次交火，致使对方多人伤亡，信到之时，龙云飞自觉已经失去了争取宽大的机会，只好继续负隅顽抗。种种说法，由于当事者死无对证，已经成为千古之谜。

史料中对陈渠珍起义与龙云飞上山有过详细的记载。

话说 1949 年 8 月，解放军攻占湘北各地，国民党守将程潜、陈明仁起义投诚，宣布湖南和平解放。在新的形势逼迫下，白崇禧、宋希濂等各战区长官都希图以湘西为屏障，建立西南防共阵线，一时湘西地位再度变得十分重要。各派说客穿梭游说陈渠珍且不算，蒋介石本人也亲自来信，勉励陈“戡乱卫国，共图中兴”，并有消息说，陈渠珍已被推荐为代理湖南省主席。陈的心腹部下认为国民党大势已去，不如早作决断响应程潜的起义，而经历多年世事沉浮已是老谋深算的陈渠珍仍举棋不定。他认为国民党在北方虽然败局已定，但毕竟还有西南半壁江山和数十万军队，如果马上起义，宋希濂、黄杰等部防地不远，派兵前来奔袭不过行军一个对时，不如再观望一阵看看风声。于是陈渠珍在9月初遂携家眷从沅陵行署转回老家凤凰县，避居黄丝桥城内。

黄丝桥坐落在县城正西二十四公里处，始建于唐垂拱三年（公元687年），是陈渠珍父亲任凤凰营都司时带兵驻防的一个要塞，陈对这一带非常熟悉。黄丝桥整个城体由青石建构，牢固无比，虽历时一千多年仍坚不可摧，且直通太平山、腊尔山等大山苗乡，可守可退，陈渠珍据此跟国民党、共产党两方面打起了太极拳。不久沅陵解放，国共双方都派员来黄丝桥动员他，陈渠珍仍然脚踩两只船，谁都不想得罪。直到10月1日，陈通过电台得知毛泽东在北京天安门城楼上宣布中华人民共和国成立，他才悲喜交集地决定起义。

离开凤凰之前，陈渠珍在沱江上游黑潭江畔豹子洞召见他的老部下龙云飞，一来话别，二来通报起义谈判情况，安排善后事宜。

陈渠珍对龙云飞说："曾有不识时务的人，要我坚持抵抗，殊不知共产党从东北一路南来，蒋介石的中央军尚不堪一击，我们弹丸之地草稗之师，哪能抵挡得住。"

龙云飞说："玉公一向下棋看三着，弈技高明，我等跟随其后，不知少受了多少惊扰。这次当然还是听你老的决断。"

陈渠珍说："我俩在凤凰经营半世，现在年事衰老，凤凰很穷，我们既算无力把它搞好，也不能把它搞烂，总要让儿孙百姓少遭涂炭才好，以免死后留下骂名。"

龙云飞问："你老看现在怎么办？"

陈渠珍说："共产党要搞地主、恶霸和官僚，这几条我俩都有份，跑不掉。现在唯一的办法是到北京找张文白（注：即张治中）和贺云卿（注：即贺龙）。"

龙云飞十分赞成地说："这主意妙得很。张文白与你老私交笃厚，贺云卿早年不光同我是拜把子的袍哥兄弟，也是你老麾下的团长，当年他带红军长征从湘西借道，我们朝天打枪放他一马，他是个义气人，不会不记得。他们现在都在北京当了大官，见我们途穷总要念及旧情全力相救吧？”

陈渠珍说：“我也是这样考虑。共产党有政策，伸手不打笑脸人，交枪、投降、办招待、听号召，我想是不会有问题的。”

龙云飞说：“那我跟你一块儿去。”

陈渠珍沉吟片刻说：“你还是先不要去。你在家守住，不要出事。”

龙云飞说：“皋如在家守住就行了。”

陈渠珍说：“皋如年轻，又向来脾气暴躁，容易出事。还是你在家好，等我去想办法来。还像民国二十六年那样，我们里应外合，有什么事也不怕。”

龙云飞听了更加称心，陈渠珍所说的 1937 年“革屯倒何”事件，是他们二人配合最默契战果最辉煌的一次合作。当时的湖南省主席何键为排除异己，将陈渠珍的国民军新三十四师整编调离湘西，随后又派出嫡系六十二师进驻凤凰，借“清匪挤枪”之名，勒令陈离队赋闲的旧部龙云飞交出存枪。情急之下，陈龙二人合计，在中央投靠何键的对立面陈果夫，在地方由龙云飞在湘西发动事变，武力倒何。龙依计而行，在凤凰约集人马，组成“革屯抗日救国军”，龙云飞自任司令。老百姓本来被上百余年的“苗防屯政”和“屯租”压得抬不起头，“革屯抗日”口号一出应者甚众。经过几个月的拉锯战，深得蒋介石信任、在湘主事八年之久的何键，被龙云飞的“倒何”运动搞得狼狈不堪，陈果夫趁机在蒋介石跟前进言，迫使何键离开了湖南。接替何键任湖南省主席的，是与陈渠珍交厚的张治中，于是陈渠珍得以收复湘西全部失地，他跟龙云飞的交情又深了一层。

此番龙云飞听出陈渠珍的话外之音，是万一去北京有什么不测，龙云飞留在凤凰还可以成为跟共产党讨价还价的底牌，危急情况下里应外合再闹一场也难说。

当下双方心领神会，约定龙云飞留在凤凰，一切等候陈渠珍的消息再说。

次年 6 月，陈渠珍去北京参加全国政协会议，被增补为全国政协委员，会议期间还受到毛泽东宴请。席间，周恩来向毛泽东介绍来宾时，指着陈渠珍说，这就是湖南湘西的陈渠珍先生。毛泽东握着他的手说，久闻！久闻！并在会议结束后专门召见陈渠珍，向他赠送了榨油机、抽水机等几十件农具，鼓励他为开发建设湘西继续努力。他的旧部贺龙也去下榻饭店看望老上司，多年过去乾坤颠倒，陈渠珍见到贺龙时一改心高气傲常态，拉着贺龙的手直呼“云卿云卿”，一时激动得声音颤抖，不知所云。

陈渠珍兴冲冲从北京返回沅陵，得知在他开会期间龙云飞其及子侄已经在凤凰发动暴乱，暗暗叫苦不迭。

原来陈渠珍与龙云飞分手，带着另一个心腹去到沅陵，向解放军投诚之后，就叫那人带信回凤凰，与龙云飞通消息。不料此人探知人民政府要在苗族头面人物中间发展统战对象，心知只要龙云飞与政府合作，这湘西苗族在统战方面的第一把交椅自然归龙云飞坐，自己只能等而次之。于是，回到凤凰，不但未将陈渠珍的信交给龙云飞，反而托人放言给龙云飞说：“陈渠珍决定不回来了。”龙云飞父子由此顿生疑窦。

正在此时，沅陵专署来信要龙云飞做好准备作为苗族代表去北京参加全国少数民族会议，龙云飞赶快召集后辈商议对策。

侄子龙恩铭说：“要是共产党把你扣压在沅陵，吊起骡子讲价钱，我们到底去不去救你？我看你还是不要学周文王，坐在牢里吃儿子的肉丸汤为好。”

儿子女婿也跟着劝。

龙云飞本来不知如何是好，又被后辈们坚决反对，就回信推说身体不好，派了一个人代表他去了沅陵。共产党凤凰县委书记为了争取龙云飞，特地带领他的旧同僚沈荃等人去他的家里拜访他，并且告诉他为稳定凤凰局势，解放军决定暂时不进入苗区，让他配合工作。就在当天，国民党方面派来的说客也到了总兵营，要与龙云飞商量成立反共苗族联谊会的事。龙云飞为拖延决策时间，对共产党的县委书记表示，自己一生戎马生涯，豪气已衰，而且早已厌倦了风云，只想居家守法终老林泉。

果真如此倒也不错，然而不久情况就急转直下。《湘西日报》发表的一篇文章称龙云飞父子为大土匪大恶霸，引起举家上下极度恐惧和不满，加之国民党特务携电台入湘策反，龙家父子上山已是大势所趋。据说在龙皋如发起暴乱攻打解放军之后，凤凰县县长仍派人给龙云飞送去一封信，对他们进行劝说，龙云飞看信后又一次提出去沅陵跟解放军的首长见面谈谈，却又一次遭到子侄坚决反对。

儿子龙皋如说："明明是个圈套，你还要送上门去给共产党当人质。"

侄子龙恩铭说："你去，我们就在家里闹，拖队伍上山，把摊子搞烂。"

龙云飞见状知道身不由己，叹息说："你们这样做，不是硬把我往死路上

当年匪患地区现在成了风景旅游区（1983）

逼吗？不去也罢。”

陈渠珍从北京回到凤凰，龙家父子早已拉队伍上山。陈渠珍情知大事不好，表示要配合政府对龙进行最后劝说。因无法见到龙云飞本人，陈渠珍只好请龙云飞的亲家代转信件，信中说：“中央和省委我都谈妥了，你不要三心二意，可先出来参加政协。龙皋如兄弟则可到贺龙那里去。要放心，没有危险。”

龙云飞看信后动了下山的心，说：“既然玉公有信，一切有他负责，我想还是听他的。”

龙恩铭却指着信说，“陈渠珍信上的章子盖倒了，肯定是被逼着写的。我们公开上了山打了解放军，骑了虎还能下得了背吗？下山就是肉包子打狗有去无回。”

龙云飞最后仰天长叹一声说，“既然如此，死也死在山上吧。”

几个月之后，解放军开展万人搜山运动，围剿龙氏父子。藏身的洞口被民兵发现之后，龙云飞的两个身高脚健的贴身保镖试图架着他突围逃跑。龙云飞见满山是人，自己年迈体胖料难脱身，即让保镖们各自逃命，自己躺在一堆稻草垛后边，饮弹自戕。

对于龙云飞的结局，陈渠珍深感痛惜。

1952 年 2 月，喉癌让陈渠珍的生命提前走到了尽头，再过几个月他就要过七十大寿了。自从十九岁离开家乡，他在沙场在江湖在宦海生死沉浮，从清军管带而国民党中将，再到共产党的省人民政府委员，历经三朝，一次次大难不死。不管是青藏高原荒无人烟的大漠，还是在贵州深山寄人篱下的草庐，他曾多少次为自己祈求的，不过是一个马革裹尸归葬故里的结局，寿终正寝几乎成了一件不可想象的事情，现在竟然梦想成真。1939 年，湖南省前主席张治中离任，由蒋介石亲信薛岳来湘主事，不见容于陈渠珍。前途未卜之时，他找长沙的著名相命先生吴竟成相命。吴竟成对他说：“公相实属可贵，打不死、杀不死、骂不死、穷不死、饿不死、跑不死、累不死、苦不死、气不死，所谓不死者九，而大难不死必有后福。”靠着吴竟成这个“否极泰来”的预言，陈渠珍撑过了被国民党嫡系排挤冷落必欲除之的危难，又在共产党和国民党之间做出了选择得以安全着陆。

神思恍惚的时候，他常常梦见一年前在凤凰县的万人搜山行动中拔枪自绝的龙云飞，只见龙满脸是血，衣衫褴褛，冲着他恨声说道："大哥，还是你狠。"

陈渠珍对这位把兄弟似乎满怀歉意，为了安抚对方，只好含糊说道："你我同道而行，并无什么区别，我不过比你多混得一副好棺板，弄了个寿终正寝而已。"

龙云飞作了一个揖说："既然玉公也不过如此，那小弟就在前边路上恭候了。"

惊醒之后，陈渠珍对身边伺候汤药的后辈说起梦中所见，涕泗长流。

时隔五十年，土匪已经成为湘西种种神秘传说的一部分，我却在向导的帮助下，去山江乡黄茅坪村，也就是龙云飞当年剥活人皮祭亡弟坟的村子里，访问年纪已经七十八岁的前土匪龙岩炳。

在这儿，我们绕路看了龙云飞的旧居。作为县里新近开发的旅游景点，这座房顶塌陷荒草没阶的老房子里，正有几十个民工在忙着干活。房子旧则旧矣，但当年的威风霸气还依稀可见，高柱大梁碉堡炮楼，样样都不是等闲人家所为。当年无论是谁，来到这高高的台阶下抬头往上看，定然是主人尚未出场，其威严已经直逼人心。

龙岩炳曾经是龙云飞的保镖，解放军搜山的时候，他被派在龙皋如身边，与龙云飞分散在两个不同的地点躲藏，直到龙云飞被歼，他看到龙家再也不可能东山再起，才以出洞寻找失散的老婆为借口，拖枪向解放军投诚。

说起跟着龙家父子在山上东躲西藏的日子，龙岩炳如在梦中。

寒冬腊月天，道路全被封锁了，过河水上无船，走路在雪地上留下足迹，追兵随后就到。我们只好把草鞋倒穿在脚上走路，但这着用了几回之后也不灵了。你们想想，赤脚草鞋在雪地里走，是个什么滋味？走路时脚冻麻了不觉得冷，一到火边烤暖和了，可是又痒又痛，我们脚上的冻疮都烂了，有的人连脚趾头都烂掉了。生火做饭怕冒烟，只能吃些冷饭团。睡觉也提心吊胆，风吹草动都能把我们吓得通晚睡不着，常常一夜一夜不合眼，鼓起眼睛到天亮。

“那你为什么不早些投诚呢？”我问。

“当时谁知道解放军在这儿长久不长久，万一龙家父子又搞好了，我们一家老小还有活命？”龙岩炳说。

“你杀过人吗？”同行的人问他。

“杀过两个。”龙岩炳倒也回答得痛快。

“杀人的时候你怕不怕？”

“我们是土匪，土匪还怕杀人？”他的回答叫我大吃一惊。

“你为什么当土匪，是不是想找一口饱饭吃？”我这么问，因为所有的史料都把老百姓上山为匪认定为生活所迫。

龙岩炳说：“我家其实也是地主，并不缺吃少穿，你看我这屋场就知道。参加龙云飞的队伍是为了保平安。你贴着他家就安全，别的土匪不敢来搞你，他是大土匪，又是国民党的大官，没人敢搞他。”

话题又一次回到了我们事先的讨论。

我问：“你认为龙云飞算不算土匪？”

“当然算，他是一个大土匪。”龙岩炳想都不用想就回答。

虽说龙岩炳本人就是一个土匪，似乎仍然不能把他的回答当成权威答案。因为从谈话中我们得知，他在投诚之后曾被判刑十五年发配黑龙江劳改，刑满后就业六年，直到1969年中苏边界吃紧才随国防疏散人口回到家乡，此时，离家时二十五岁的青年，已经过了四十七岁的年龄。对于这个刑期，龙岩炳似乎全无怨言，而且对20世纪80年代中期政府给他平反定为起义人员，每月发给几十元钱生活费感到非常满意。

“我们当过土匪，当然应该负这责。”他说。我明白他的意思是应该赎罪。

不妨推断，经过几十年长期改造洗脑过程，龙岩炳比任何人都更完全地接受了历史对自己以及同伙的定论。他不可能如那两个思维活跃的同民族青年那样，对已经盖棺论定的龙云飞提出不同观点。这正是不同时代不同年龄的人们不同的思维方式使然。

春满山乡（1986）

告辞的时候，龙岩炳带我们参观了他的家。这真是一个大而整齐的院子，只是所有的房间全空着，连同猪栏牛栏和鸡饲。龙岩炳从黑龙江回来的时候，老婆已经改嫁，母亲也已作古，剩下父亲带着三个孩子住在这儿。如今孩子都成家单过，龙老汉一个人在院门口的偏房里独度晚年。这所空荡荡的大院子，坐落在一群山丘的怀抱里，前边是弯弯曲曲的山路和一望无际的油菜花。

龙老汉对我们招手说再见的时候，我给他照了一张相，从照片上看，他的身材并不高大，但腰杆笔直不显老态，脸上挂着一种湘西山区随处可见的质朴微笑。每次翻到这张照片我都会有些迟疑地想到：这个人是一个土匪，他的手上曾经沾过血。

临终的笑与沉静

1917 年，十五岁的沈从文开始到湘西军阀队伍里吃兵粮，待了几个月以后，发现自己的部队除了杀人以外似乎无事可做。由于过分寂寞，本部队的文职幕僚听得有杀人的消息，总要赶到行刑地去鉴赏这种并不雅观的游戏，然后将所见所闻当成茶余饭后的谈笑主题。诸如那被杀之人或招供时十分爽快，或临刑时颜色不变，或痴痴呆呆不知事故，或死后还直直跪在那儿并不

龙岩炳回忆六十年前的往事（2001）

应声倒地，都算作死前死后的出众处，让无聊的军士们长时间谈论。对这样的生活，沈从文感到十二分的厌倦，看杀人在他来说早就不是什么新鲜的事情。辛亥革命那年，凤凰的光复军扑城失利，事后开始了为期近一月的杀戮。四乡捉来的人犯，在天王庙里自己卜卦以定生死，一仰一覆为顺筊，开释，双仰的阳筊，开释，双覆的阴筊，杀头。北门河滩上每天要杀几十人，被杀的人绳子也不捆，衣服也不曾剥，就那么跟着赶去。有的人站得远一点，兵士以为是看热闹的人，也就忘了杀他的头，瞅个空子溜回家去，便成了大难不死的有福之人。一切都如同儿戏一般，当时只有九岁的沈从文，就是这幕惨剧的忠实观众。

所以旧时在凤凰城里长大的孩子，看杀人斫脑壳的差不多是一种必经的训练。道台衙门右侧的小屋子里，住着一位人称“炮客娘”的妇女，每天的工作就是点炮告知全城人钟点：早上六点放的是“醒炮”，叫人们起床，中午十二点为“午时炮”，家家开始吃午饭，下午六点“定更炮”，是收工的信号，晚上九点放“二炮”，人人就寝安歇。假若某天醒炮刚放过不久，炮客娘又烧了火绳在道台衙门外边晃悠，那就准是有囚犯要被处决，于是小孩子们蜂拥而至，早早等在那儿。只听咚咚咚三声炮响过后，监斩官跨上马背，刽子手就押着要斩的死囚出来了，伴着低沉的号声走向西门外刑场。至于北门考棚对面那座高大的照壁那几排粗大无比的铁钉子，时不时会挂出一颗颗人头或者一串串人耳朵。兵士们在乡下杀了人，也要把脑壳挑回城里来邀功计数，便抓上个半大孩子来当挑夫，有时候，那孩子肩上的扁担挑着的两个人头，一个是叔叔，一个就是自己的父亲。

孩子们几乎是在死亡的包围中长大，见识了太多的死亡之后，他们的心可能变得坚忍和粗糙。对死亡熟视无睹，使他们在未来的军旅征战中英勇无比，或者小小年纪就被背一个寒碜已极的包袱外出流浪，并不会有太多的畏惧和惶恐。杀人与被人所杀在他们幼年的记忆中已经是生命的一种常态，这样死与那样死都是一个死，有什么值得拍案惊奇呢？他们越来越不重视死亡本身，只对将死之人死前的种种表现感兴趣。倘若自己哪一天不幸也成为刑场上背着刑条的死囚，临刑前的那一个漫长的夜晚，也许正成了他设计第二天刑场表现的最好时机。想好了衣着、步伐、跪姿这些可以把握的细节之后，还要准备与至爱亲朋们告别的微笑，假如他们在行刑圈外大哭大恸就不大好办，最好别哭惹人心烦。要是有可能，还要搭个信给家中的婆娘细仔，不要来看这个热闹，免得坏了一家之长身后的声名。从小到大，他们嘲笑过多少怕死的胆小鬼，那些脑壳还没跟身子分家，已经瘫在地上尿了裤子的怂蛋，死后连他的后人也会在乡里做不起人的。从踮起脚尖挤在人缝里热闹的时候起，他们就打算好了，假使此生也有被人押上刑场的一天，一定要走得正跪得直笑得灿烂。

人死如灯灭，就算活上一百岁平平安安终老家里，待肉身零落成泥之后，还能留下什么？还不如争取做某个临终故事的主角，让人惊让人叹让人钦佩让传颂。他们自小听过许多英雄豪杰的故事，足够他们临摹效仿了。他们从不计较那些人为什么而死，只关心他们临死是否表现得不失水准。最好的是那些笑着死的，并不一定要仰天大笑或者高诵正气歌什么的，只要笑得出就是好样儿的。

那个卖豆腐的花癫活着做事不漂亮，但死得漂亮，不是被人们写进书里，到现在还时不时谈起他吗？

小城里的人都还记得商会会长那场隆重的丧事，死者是会长年方十八九岁的千金小姐媚银。

媚银姑娘自从生得乖巧伶俐冰雪聪明，去省城读过开明的女子中学，已是琴棋书画无所不通。毕业后回到家乡凤凰，在女子工艺讲习所的国画专科学堂当女先生，更出落得典雅文静气质不凡，在小城里是出了名的待嫁才女。不期有一天，县城驻军某旅刘旅长到商会来办公务，与媚银照了一面，回去即得了相思病，非要娶这位小姐为妻。商会会长本来计较军旅中人来去身不由己，万一打仗，更是命运难测，有心想拒绝这门婚事，又怕得罪了带枪的爷。权衡不下，只好跟女儿商量，看她有什么好主意。

没想到不问还好，一问反而问出事来。原来媚银那天碰见刘旅长，交谈几

山里孩子的放学路（1982）

句顿生好感，觉得这位军官一表人才之下，透出刚毅英武之气不说，对中国水墨画和书法也颇感兴趣，这等投机的对话者，在小城实在难寻。现在听说对方前来提亲，一时忸怩之后，竟表示愿意去当旅长太太，做父亲的只有暗中叫苦的份儿。女儿自打省城见了世面回来，已经不是原先的小家碧玉心境与眼界，剪了短头发，穿了白衫黑裙长线袜，衣襟上别一支化学杆子自来水笔，又摩登又有思想，一心要实践婚姻自主的爱情新观念。本来到了春心萌动的年纪，一下看中了前来提亲的青年旅长，还不是开弓没有回头的箭。商会会长一向算盘打得精，懂得碰墙就得拐弯的处世哲学，一看事已至此，也就强忍下心头不快，大操大办把女儿送到了刘旅长帐下。

再说那新婚的小两口，本是你有情我有意两情相悦的姻缘，红绡帐底耳鬓厮磨之下，更是好得蜜里调油。刘旅长虽是行伍出身，却是心细如丝的男人，对妻子倍加珍惜爱护之余，难免过于在意妻子与外界的交道往来。

那银媚在省城读书时，有位同窗好友名叫玉花，后来嫌自己的名字太过土气，就效仿五四时期的革命青年，索性了改了个学名叫国强。国强姑娘不光名字颇有阳刚之气，习字练的又是颜真卿的帖子，十分遒劲有力。媚银与国强书信频繁，闺中密友着字用句也百无禁忌，常有些涉及感情的话，刘旅长偶尔看见心中暗生疑窦。

有一天，刘旅长又去翻检太太的抽屉，竟然在国强的来信中，看到“嫁了人你就把我忘了”之类的话。这下可把他气昏了头，丘八脾气一上来，什么都不管不顾立刻叫了马弁来，吩咐说：“你叫一顶轿子去接太太，说我在黄丝桥巡防要她来陪。出城十里你就一枪给我打死，我要死的不要活的。”

马弁心知此事不妥，但军令如山也只好照办不误。

媚银坐了丈夫派来的轿子，心中毫无防范之心，一路朦胧睡去，等到马弁在荒无人迹处落了轿子要动手，才知事情不对。

问清了事情原委，媚银说：“我不能就这么冤里冤枉死去，横竖我得见他一面说个明白。”

马弁当即跪下，哭着说：“太太，我知道你比窦娥还冤，但旅长下命令，我不照办也是一死。你要是成全了我，我年年给你上坟磕头，永世记住你的好。”

媚银是个知书达理的新式女子，看着马弁还是乳臭未干的孩子，实在不忍牵连于他。想起出阁之前老父苦苦相劝，不要嫁给杀人不手软的丘八为妻，现在悔之晚矣。于是大呼丈夫姓名，说道：“你好狠心呀！”将马弁的手枪抢过来按在自己心口上扣动扳机。

马弁赶快把太太的尸首抬回旅部，刘旅长看看妻子如同熟睡的脸，再摸摸她余温尚存的手，听马弁转述太太死前所言，突然大放悲声，后悔自己行事莽撞，没有将她接回来问清楚再作道理。可是人死不能复生，只好硬着头皮到岳父家去报丧，给妻子厚殓厚葬。

再说城中有个卖豆腐的光棍汉，因豆腐做得细嫩，媚银特别爱吃，无论出阁前后常常包了他的豆腐买。豆腐郎垂涎媚银美貌，只恨自己生错了人家，无缘与小姐做夫妻。媚银嫁了人，豆腐郎大病一场，差点送了小命。这回听说小姐红颜暴死，痛心疾首之下，竟生出奸尸的古怪念头，在媚银下葬当天夜里，把她坟头刨开，将尸首背到山洞里去睡了三天，然后又给送回坟墓去。

不久东窗事发，豆腐郎被押到衙门里，等着就地正法，孩子们照例围拢来看。

只见他默默坐在地上，面色坦然镇定，眼睛盯着自己受伤的脚踝，不知在想什么心事。

一个孩子问他：“他们把你的脚打伤了？”

豆腐郎摇摇头，仿佛陷入了遥远的回忆中，慢慢说：“我送她回去那天正好落雨，不小心差点滚进棺材里去了。”

“你干吗要干这丢人的事？”孩子又问。

豆腐郎用讥笑的神情看了孩子一眼，仿佛嫌他们不懂爱情，懒得对牛弹琴。后来动了动嘴唇，也是所答非所问：“美得很，美得很。”声音亲切得如同在跟媚银耳语。

看守他的士兵见了，厉声喝道：“疯子，马上要杀你的头了，还在胡说。”

豆腐郎听了，讥笑的神情更明显了，反问那个兵说：“杀头有什么可怕的？难道你很怕吗？”

看守反被他问得尴尬了，凤凰男人向来最忌讳别人说自己怕死。于是吓唬他说：“你再讲癫话，等会儿叫刽子手多砍你几下，让你到了地底下，女先生媚银认不出你。”

这着还真管用。豆腐郎本来一心想着死就死了，早早到地府就算仍然不能与自己心爱的女子做鬼夫妻，也能时不时见面说话。要是刽子手听了看守的谗言，把自己破了相，与媚银相见不相识，那就岂不一切希望都落了空吗？豆腐郎忙把脸上讥讽的笑换成讨好的笑以息事宁人。没过多一会儿，豆腐郎首身异处，那颗应声滚在地上的头还保持着一张笑脸。

因为他的临终灿烂一笑，竟然把凤凰人心里对他的愤懑减轻了许多，由奸尸这种骇人听闻的丑事所激起的谴责声浪竟然因此平息了许多。我们已经知道，他们向来不大重视人为什么被杀，只重视他们被杀时的表现，豆腐郎纵有伤天害理的罪行，笑着死去也就成了一条汉子。

刘姓旅长对妻子的处置可谓残忍，但旧时凤凰地方对有伤风化的事件从来以严惩当事人而告结束。媚银冤死，刘旅长也不过后悔痛心一番，再向岳家赔些银圆办丧事也就过去了。倘若那位国强不是一位女子，真是媚银的旧情人，那刘旅长的所作所为就差不多成了英雄行为。在世代当兵吃粮的凤凰人看来，丈夫从军在外边卖命，地方风尚必须特别强调妻子在家严守妇道的道德观念，以确保军人对妻子性权力的专有。为妻不贞当然是丑事，而妻子不贞丈夫听之任之则是丑中大丑。家有妇人红杏出墙，再懦弱的男人也要大打出手，要是丈夫无力约束她，毫不相干的外人也可把那行为不俭的女子捉来游街游乡，表示公众的义愤，无人以为怪哉。假如那女子不幸嫁在名门望族，落在德高望重的大族族长们手里，沉潭也是可能的。

溪口乡有个俏丽的寡妇，二十三岁上丈夫在外边打仗死了，守着两岁的儿子过了几年，被邻乡一位打虎的英雄吸引，坏了自己的清白。族中人捉得奸来，把猎手的双腿当着小寡妇的面用锤子捶断，再问她以后作何打算。寡妇本来热爱英雄，又见他捶断了腿咬紧牙关不说半句求饶的话，心下更加坚决，表示要跟着残废的情人回家去，田产儿女统统放弃，只求守着瘫子伺候一生。族长当下动了大怒，想起早先自己曾在寡妇面前替拐子儿子提亲，被这小寡妇干干脆脆拒绝，可这回对外乡的一个瘫子她却哭着喊着要跟了过去，真要成全了他们，自己堂堂望族的名声坏了不说，堂堂族长的面子又往哪里搁？于是大喊一声："把这个不知羞耻的贱妇按老规矩给我沉了潭！"立刻有年少无知的好事之徒，在祠堂外边把小寡妇上下衣裳脱得精光，反绑双手，背上背了扇小磨盘。族长一边大骂寡妇无耻一边肆无忌惮把寡妇的胴体狠狠地看，心中不平，这么出色的身体怎么由外乡的一个穷汉给白白消受了？

先将小寡弄到了村口的贞节牌坊下边，让她向本族历史上有名的烈女节妇磕头悔罪。这位节妇的事迹《凤凰厅志卷之十七·烈女志》中有着白纸黑字的记载："黄成美妻杨氏。雍正八年成美出师古州，家贫无资，氏勤纺绩以奉翁姑。后成美殁于阵，氏断发毁容携一子往古州搬骸归葬，数月不解衣带。抚三子皆成立，长子道坦三子道纯俱官镇筸千总……"不想小寡妇到了贞节牌坊跟前，脸上既无愧色也无惧色，平静如秋天的湖水波澜不惊。让她跪就跪了，让她磕头就磕头，任你如何处置，都不叫不骂不吭声，其沉静与无畏反倒让族长觉得心惊肉跳。

事已至此，想下台也没有了台阶。于是以小船载了寡妇与族长等一干人摇往潭中最深的地方，停了桨，四周静穆如洪荒。寡妇知道最后的时刻已经来临，苍白了一张俏丽的脸对船上年纪稍长的一位说："告诉我家二宝，长大了，不要记仇。为娘下世投生，要做男人不做女身。就这些了。"说完把一双明媚如往昔的眸子，直直朝族长的脸上看过去。

话轻轻说出来，一语几相关。说是叫她的儿子不要记仇，在这些人听起来分明是报仇自有后来人的意思。说的是后悔这辈子当了女人受苦，下辈子转世当男人，不为报仇还为什么？于是起哄的几个都磨磨蹭蹭不肯下手，族长被寡妇盯得不堪，只好亲自上前，伸手触到小寡妇白嫩的肩头，那临死的人突然像被胳肢了痒处，发出咯咯的笑声来，族长惊恐万状，奋

秀丽的深潭（2013）

力将这个鲜活姣好的身体掀下水去，那笑声也随着潭中泛起的水泡，一起沉到河底去了。

族长慌慌张张吩咐划船的快摇橹，一口气跑回祠堂里放了挂万响长鞭炮驱邪正气，同时证明自己挽回族中名誉的决断及时而英明。可惜这一切都不济事，几年以后，族长突然发疯自杀，知道沉潭事件的人，都说是小寡妇已经投生转世索了他的命去了。

以上这些死亡事件说来还有根有由，还有些人舍了脑壳不过是为了维护哥们或者上司的脸面。比如说有个山大王被官军打败之后收了编，为报答司令官不杀的恩典，这山大王为鞍前马后立了不少功劳。于是以为自己既是司令官的心腹，多少也该有些特权吧，时不时做些恃强欺弱的事，最后为了拐带一个良家妇女，竟放话说要拉队伍回家重新上山落草。

有一天吃过午饭，这个山大王突然被五花大绑，凭经验知道将有杀身之祸，遂跳起脚来朝楼上责问道："大哥大哥，我跟你这几年效了多少犬马之劳，就算做错了什么，你也不要杀我的头呀！请你再给我一次恩典吧。"

司令官温和地望着他，同时温和地对他说："你不要再说什么求情的话来丢自己的丑了，到了该死的时候就大大方方地死去，是我们军人的规范。你跟了我几年，山大王的恶习不改，还想拉杆子上山去祸害，我这个大哥还有什么脸面。今天我不能再要你这样一个兄弟了。你的家眷我会照料，你还是多想想怎么做一个男子汉吧。"

那位山大王听了这话，明白了事情无法挽回，立刻把脸上铺满了从容的表情，声音琅琅地说："既然这样，我只有谢谢你几年来对我的关照了。"然后冲着周边站成一圈的人们鞠躬，连声喊着，"再见兄弟们，我这里先走一步了。"就自顾自地出门赴死去了。

这种死法，在每日里冲锋陷阵的职业军人们看来，简直没有任何稀奇罕见之处。

凤凰人的生活跟战争似乎一直有着割不断的渊源。战争的展开完结了一些人的生命，而另一些人的生命却随着战争的完结而完结。

毕业于黄埔四期的少将沈荃，是筸军的一位重要代表，1937 年的淞沪嘉善战役中一二八师幸存的一位团长，他因负伤而撤下火线，伤愈归队后又率部参加抗击日寇的九江沽塘血战。抗战胜利后当了一个南京国防部的空头中将，生活清苦不说，内心的消沉说出来却也明白："胜利倒使得我们走投无路，看样子是气数尽了！完了。内战我当然不打……看来要解甲归田了。"

果然就从南京回到了凤凰，租了一处带天井的小院子住下，在天井中种些萱草和月桂一类的花卉，客厅的墙壁上挂了张奚若的大字楹联，闲来给新生的地方人民政府做点咨询工作，还为劝说龙云飞投诚去做了几回说客。若是没有什么意外，也就打算在花草翰墨之间颐养天年了。

忽然有一天被当做反革命分子给拉到了河边上。失意的军人在河滩的青草地给自己铺上一条旧军毯子，轻轻叹了口气说，"唉！真没想到……"然后指住自己的脑门说："……打这儿吧……"

这个人的枪法曾出了名的好，把二三十根香点在墙根，用驳壳枪一枪一根地把它们灭掉，对他来说不是什么难事。他不知指点过多少人学习射击，从来没想到最后一次指点会以自己的脑袋当靶子。

当血溅出来，那颗尚未长出白发的头颅栽倒地面的一刻，这个戎马半生的人最后的想象，可能还是淞沪之战的情景，他提着一大串工事的钥匙，打开国防线上一扇扇生了锈的铁门，让士兵们钻进去准备死守，结果被日本人一枪命中。那一次，他侥幸从几日的昏迷中醒了过来，而这一次，他却再也醒不过来了。

三十二年后的 1984 年，他的沉冤得以昭雪，全部的赔偿是五百元人民币和起义人员名义的追认，还有妻子的县政协委员头衔。

关于沈荃的记载，资料中并不多见。他的兄长沈从文一生著作等身，给家乡的人物风情山川草木都竖了碑立了传，以上关于各色人等各种死亡的传说，都可以在他的文字中找到记录。然而关于这位善始而未善终的亲弟弟之死，他却似乎从未涉及，尽管这个人的死也很够得上英雄气派。

关于各色各样临终表现的评说，是凤凰人一直都很热衷的。除了被记载在各种体裁的文字里，也是街谈巷议的好材料。我去凤凰之前，正有一桩命案发生，听说不为钱财女人，只为哥们义气帮朋友出气。我的向导闲坐时说到此事，末了补了一句说，杀了人他根本不逃跑，坐在家里等人来抓。我听了并不奇怪，这还不是旧时风范的遗传吗？

在凤凰人津津乐道的历史中，男人的侠义女人的贞烈还有无论男女长幼都不可忽略的自尊，形成了故事的基本要素，以及多数传说中不可或缺的部分。

喧闹的东正街（2013）

第三章 现实

不同的人们眼中的现实永远是各不相同的。权力和版图是政治家的现实，土地和收成是农民的现实，拥吻和甜言蜜语是情人们的现实，分子式和粒子活动是物理学家的现实，线条和色彩的组合是画家的现实，“此在”与“当下”是某些哲学家的现实……而对于一个访问者来说，现实只是他（她）所看到和想到的事情。

当日历翻到新的世纪

九月仲秋，黔北湘西一带的山丘台地气候不冷不热，天黑得不早不晚。天色渐暗时分，凤凰县城里的居民家家已经吃罢夜饭，在门前的青石板路上支起四方小木桌，或冲一壶清茶，或砌一圈麻将，开始了一天中最悠闲的时光。

这是二十一世纪的第一个年份，也就是说，历史刚刚跨入新的千年。书刊报纸电视广播，所有的传媒都在反反复复地宣告着新世纪的来临，好像大家已经对那个过去了的世纪不胜其烦，迫不及待要投向新千年的怀抱了。可是就在这一片新世纪诞生前的鼓噪声中，更多的人却开始了对过往的世纪温情脉脉的凭吊。

当一个世纪刚刚过去，人们一次次克服笔误把写了一百年之久的时间标记，由一九 ×× 年改为二〇 ×× 年的时候，忽然间对那些不再回来的日子，产生了某种莫名其妙的眷恋心情。一些以泛了黄的老照片编印出的杂志或者画册，成了抢手的热销书。其实那些照片不过是照相术发明初期的试验品，里边的人物显然还不大适应这种新鲜玩意儿，一个个都冷漠地绷紧着他们的脸，呆呆地朝着镜头，眼睛里空空洞洞，不知在那儿想什么。加上照片保存的年月太长了，经过复制，清晰度大受影响，有的更是缺了角，破了边，洇了水或者明摆着被撕碎后又拼贴在一起了。可是，这一切都不会影响购买者的兴趣，相反面对那些陌生的面孔，那些跟自己一点儿关系也没有的被摄人物，他们表现了

时髦游客（2014）

极大的好奇心。也许正是这种与现实过于灵动过于丰富的生活形成反差的影像，对他们有着一种梦幻般的召唤力。

当然这只是怀旧大潮中的一个小小水沫儿。在这个时期，大受欢迎的绝不止老照片这一样老东西。号称按宫廷秘方制作的丸散膏丹，仿古的琉璃瓦建筑，硬木家具，女人的旗袍和时装化的肚兜兜，男人的布纽绊褂子和青面白底尖口布鞋以及带银链子的大怀表，作辑打躬的见面礼，从墓里边盗出来一买卖就违法的真古董和地摊上随处可见的仿制秦砖汉瓦唐陶宋瓷，三十年代的火花和藏书票，用手摇留声机和胶木唱片播放靡靡《夜上海》

苗家花鼓舞（2014）

酒吧遍布（2014）

印花布流行（2014）

空酒瓶新用（2014）

之音的咖啡馆，从乡下的老房子里拆下来的门框窗棂床沿子，百年老字号的招牌和东家的发家史，装神弄鬼的驱病强身术加求财神送灶神拜菩萨祭祖宗修家谱的群众活动，中国结和各色瓜皮小帽儿，手工造纸民间蜡染扎染工艺，戏说宫闱秘史的电影电视长篇小说……这些在二十世纪中叶的中国一度消失得全无踪影的旧玩意儿，在这个世纪即将过去的时候，全都像解了冻还了魂的精灵似的，在城乡的每一个角落里复活，显示着起死回生的活力。有个俏皮的说法，说是一种世纪交替期的怀旧病正如幽灵在中国大地上徘徊，传染性非常之强，这种病的患者对往日的一切都怀有莫名的兴趣，他们收藏旧物品写忆旧文章把老电影看了又看老歌听了又听，只要条件许可，他们愿意去任何保留着过去的生活印迹的地方旅行。

复古跟时尚合二而一，而时尚永远是大众最敏感的神经，无论新的旧的好的坏的超前的落后的一切事物，只要搭上了时尚这趟车，就肯定要声势浩大了。我们来不及细想这一切到底因为什么，只好含含糊糊地说，当然是中国在这一百年之内大波大澜的变化闹的。

一百年，拆了四合院旧城门，盖了玻璃幕墙的摩天楼房；剪了男人的辫子放了女人的小脚，染了红头发黄头发穿上露着肩膀露着背的吊带裙；废了六百里加急的跑马驿站木舟牛车代之以钢铁轨道高速公路波音飞机和无数固定与移动的电话，再撒开 Internet 的大网；紫禁城里的大清君臣成了五十六朵民族之花中寻常的一朵，每天在电视屏幕上逗着国人哭哭笑笑……诸如此类，中国人拥抱新生活新事物的决心之大行动之快，全世界少有。新生活一浪盖过一浪，新事物眨眼工夫就旧下去，旧下去的被推土机推平了被垃圾炉焚烧了，变成一股股烟雾消失在远去的时光里，只在图书馆博物馆里留下一些发黄纸片和道具般的实物。可是不得不承认，当天天更新的日子千篇一律地喧嚣繁忙叫我们厌烦和乏味的时候，光靠对未来空洞的设计与幻想连自己都不能说服自己的时候，随着年龄的一天天增长备感值得珍惜的人和事都在无可挽回消逝去而不返的时候，远离了家乡远离了故旧担心今后的日子无所寄托的时候……人们又将回想过去的岁月里值得把玩的美丽值得回味的苦难。

流连忘返的人们（2013）

于是湘西大山中，这座名叫凤凰的小县城，有越来越多远道而来的客人光临，朱漆凋零的旧城门墙，青石铺就的深街老巷，以及沱江边上风情独出的吊脚楼和水码头，每一处都要引得他们频频回首久久留连。因了这些人的到来，这座只有两三万人的小城有了旺盛的财源和人气。城里边为数不少的家庭小客栈，工艺品加工厂和商店，专营本地土产小吃的食肆甚至是菜市场，还有本城名人的故居或修复一新的老祠堂，都是外来客青睐的场所。四乡的农民比不得城里居民占着近水楼台，但显然也不愿意眼睁睁只看着别人发财。结果他们把自家打鱼运货的小木船用红红绿绿的篷布装饰起来，每天停靠在沱江的各个码头上，招徕想要到水上转转的客人，收入也非常可观。就连临近苗乡往日只知道在家喂猪打狗的妇人，也把她们做花鞋刻剪纸的闺中女红拿到了行人稠密的虹桥街上来做，谁要是想跟这些身着大袖青衫头戴闪闪银饰的苗妇合个影，倒也有求必应，条件是你要买她的花鞋鞋垫或者剪纸，多少不论，心意到了就行。

糊糊涂涂赚了些钱之后，本地有些聪明的脑袋开始明白了一些事理。

过去他们常常抱怨本城的偏远和闭塞，抱怨本城不能像电视里的那些大城市，有着日新月异的气象。可是没有料到的是，现而今正是这种偏远和闭塞给他们带来了意想不到的商机。当年在他们的乡亲沈从文先生笔下，家乡人对一切新生活的到来惊慌失措，长期处于主流生活之外的湘西人特别是苗族人，对外部世界的任何变迁，都投去怀疑与敏感的目光，因为亲身的经验告诉他们，每一次大动荡与改变，带给他们的结果总是掠劫和牺牲。他们略微思考了一下就明白了，是这座小城过往的美丽与苦难，是小城人在过往的历史中起伏跌宕的命运，引来了他们又一次拥抱新生活的机会。于是他们希望对每一个远道而来的访客宣示这座城池的历史，同时告诉这些外乡人与这座城池的历史一同流传下来的人物故事和神秘传说。

用吊脚楼来实现一个神话

沱江从凤凰县城西北逶迤而来，沿古城墙向东南潺潺而下，使这座静卧在武陵山脉里的小城有了动感和灵性，而搭建在沱江河上的吊脚脚，则是这幅灵动的图画里不可或缺的点缀。

凤凰的吊脚楼有两种，一种依坡而建，一种临河而搭。

建在山坡上的吊脚楼多为苗族、土家族居住，造型讲究，飞檐翘角，一面靠山，三面悬出走廊木栏。木栏上根据主人的喜好，做成万字格、喜字格、亚字格、四方格，悬柱有八棱形、四方形，梁柱底座雕有金爪绣球，窗棂多为双凤朝阳、喜鹊噪梅、狮子滚球等象征吉祥的图案，以及牡丹、山茶、菊花等各种花草，看上去很是富丽堂皇。

河边的吊脚楼与山上的相比，似乎要简朴得多，青瓦木墙，很少其他装饰。吊脚楼前面临街，后面临河，一般分两层，上层为主房，下层为厨房杂屋，窗口与栏廊一律面向河水。对于旅人们来说，河边吊脚楼是一个绝妙的去处，真正可以赋予你劳顿后的休憩紧张后的松弛，在里边住过的外来客人莫不如是说。凤凰县城里有许多大大小小的客栈，凡是临河而建的，必定备受客人青睐。

吊脚楼是凤凰文化的重要标志之一（2014）

经朋友指点，住进了回龙阁路十三号的“沱江人家客栈”，一个只有三间客房八张床位的家庭小旅馆。客房三十元租金一天，如包伙食，每人每天另加十元。房间用具虽略粗糙，但干净清爽，还有一种朴素的舒适。

在秋天燥热的太阳下边走得浑身微汗也有些倦意的时候，回到暂时属于你的吊脚楼里，发现悬挂在水上的小晒台上，正有河水的凉气从栏外涌入，冰浸浸的，只需三两分钟，即可将你从头到脚每一根神经整理得顺顺溜溜。嗑几颗房东自家炒制的葵瓜子，配以小方桌上早早替你沏好的青茶，眼睛一闭，听河水在下方十数米的低处涓涓流淌，整个身心便可坠入一种物我两忘之境。苗也罢汉也罢，傩也罢巫也罢，全都远远地离开了你的意识，唯沱江的流水声中历史的回声还在。

吊脚楼是凤凰人的舞台，一年四季，一甲子六十年，都在出演他们的人生悲喜剧。

冬天，河上的风刮得紧了，向河的窗自然关得严严实实，难得看见每天早上凭栏梳理长发的女子。夜来，临街一边的木板门倒可能还张着小小的缝，透出火塘里木炭燃烧时散出的烟气，邻近的熟人跑船的过客以及因寒冷而格外眷恋主人的猫和狗全都团团围定那个温暖的所在。主人们，年少的用手中的电视机遥控板将数十个频道飞快转换，一边抱怨没什么好看的节目，年长的眯着眼睛把火塘里的火一再拨旺，及至周身暖和透了，难免瞌睡阵阵袭来，顾不得客套和体面，当着客人轻轻打起鼾来。间或有人起身告辞，梦呓般呢喃道一声别，接下去鼾声继续。要等客人走光了，电视台的主持人说过再会，方又清醒了，躺上床去半天睡不着，听冻雨的颗粒在木楼的瓦片上滚落的声音，夹杂着吊脚楼的柱或者梁在渐大渐小的风中发出嘎嘎的轻响，又要私下里盘算何时将它翻修成水泥小楼，也好一劳永逸。

这些年，沱江边上着实长出了不少中西合璧的新楼，瓷砖、钢筋、水泥、铝合金、彩色玻璃，一切现代的建筑材料都体现着房主人的身份和财富，引来左邻右舍艳的羡目光。于是，自古以来江边连成一阵吊脚楼，被这些新式建筑切割得零落了，得以留存的似乎也得不到主人爱惜，正在一年年风雨的剥蚀中

撩动一江春水（2013）

变得陈旧。直到有一天，时任凤凰县的一名领导凭着对国家总理朱镕基汇报工作时的一番慷慨陈词，把视察凤凰县的节目临时加入了中央视察团的日程，吊脚楼的命运又发生了奇迹般的改变。传说根据朱总理的指示县政府决定，江边的建筑全都要恢复吊脚楼的样式，新的要做旧，旧的要翻新，要还沱江昔时不俗的风情。县政府提出的整治口号是“整新如旧，整旧如旧”，这让好不容易住进了“洋房”的人们，打心眼里不解，他们说：“这不是要让我们的生活方式倒退吗？”

从 20 世纪 80 年代末期开始，凤凰县里最时髦的居住方式，就是搬出老城到新城区去盖洋楼住新房，吊脚楼早就是不被人们看好的住处了。假如谁有本事在新凤凰弄上一栋好房子，谁的能人地位就不容置疑地确立了。时过境迁，人的能力不再是靠着拼上性命换得军功来证明，而是靠着你的智商、你的见识、你的社会关系网络和其他可说明与不可说明的本事，赚得多出他人一截的钱来证明的。财富的多少是证明一个人能力强弱的最明了最实际最能被一般人认同的标准，在这方面凤凰已经跟中国任何地方一般无二。在凤凰的新城区，可以看到一处处独门独院的新式建筑，虽说有一些设计得不土不洋不中不西，外墙上千篇一律贴了被某些专业设计人士篾称为“厕所砖”的白瓷片，其气派和富贵还是明摆着的，一些院落里，养着大狗，种着大树，专用车库里可能还停放着私家轿车。这些新富人的院落一旦连在一块儿，虽然门楣上不曾题写着“贵州巡抚”“提督军门”“太子少保”“钦差大臣”等等，那些在旧时引得平民百姓眼热甚至摧眉折腰的匾额，也已在不言之中把凤凰县城的风水占尽了。跟半山腰上那些新建的钢筋水泥小楼比，河边那一线歪歪斜斜，只在偶尔来此地猎奇的游客眼里风情无限的吊脚楼，差不多与白天鹅跟前的丑小鸭差不多了。在有些人眼里，说不定什么时候吊脚楼全变成小洋楼了，凤凰城的现代化也卓有成效了。

可是现在，吊脚楼忽然又变得价值连城。

2001 年 12 月，国务院正式批准凤凰古城为“中国历史文化名城”。县政府为此举行的新闻发布会上，年逾古稀的凤凰籍画家黄永玉，特地从香港专程前来北京，郑重地将他的一幅巨幅长卷《沱江寻梦》献给了自己的故乡，画面上一带沱江边的吊脚楼，站立在绿水青山之间，那种别致那种妩媚绝非一般意义上的建筑可比。吊脚楼不折不扣是凤凰城的标志性建筑，它们的存在事关县政府的申报“世界文化遗产”的整个计划。

联合国教科文组织于 1972 年发起并缔结了《保护世界文化和自然遗产公约》，中国也在 1985 年加入了这一组织，成为一百六十四个成员国中间的一个，迄今共拥有二十一处文化遗产和三处自然遗产，还有四处文化与自然双重遗产，其总数位列世界第三。1992 年，与凤凰县相去不远的张家界申报“世界自然

老墙春意（2013）

遗产”一举成功，使凤凰县申报文化遗产信心倍增，也成为全县上下一个势在必得的目标。

联合国教科文组织“世遗委”关于所确定的人类文化遗产的评审标准，时下在凤凰城居民中的普及程度很可能超过了中国任何一个大中城市，你到哪儿都可以听到关于申报“世遗”的议论。至于那六条标准是不是高得有些让人绝望，凤凰人不大愿意去多想：

一、代表一种独特成就，一种创造性天才的杰作；

二、在一定时期内或世界某一文化区域内，对建筑艺术、纪念物艺术、城镇规划或景观设计方面的发展，产生过重大影响的作品；

三、能为一种已经消失的文明或文化传统提供一种独特的至少是特殊的见证；

四、可作为一种类型建筑群或景观的杰作范例，展示出人类历史上一个（或几个）重要阶段的作品；

五、可作为传统的人类居住地或使用地的范例，代表一种（或几种）文化，尤其是处在不可挽回的变化之下，容易损毁的地址；

六、与现代传统思想、信仰或文学艺术作品有直接或实质关联，具有特殊普遍意义的实物。

我们已经知道，历史上凤凰人的群体个性是争强好胜不甘人后，一切能够通过努力出人头地的事情都是他们最愿意干的，越是高不可攀的目标在他们眼中越过瘾越刺激，哪怕要付出高昂的代价。眼前要干的事儿，不就是把凤凰城“整新如旧，整旧如旧”吗？据说申报成功之后，凤凰在全世界的知名度可以高到让中国绝大多数城镇都望尘莫及的地步，这种局面在世世代代渴望被外界接受而又总揣着一种怀才不遇心情的凤凰人来说，是多么富于吸引力的前景呀！1986年，时任中宣部副部长的刘祖春应家乡之邀给《凤凰县志》作序的时候，写过一句让他的乡邻们大叫其好，却让外人看来有点言过其实的话：“让全世界都知道伟大的中国有一个美丽的凤凰！”假如申报世界文化遗产成功，刘先生的话在某种意义上也就不再是一个神话。

凤凰人在历史上创造过神话，他们今天仍然不甘愿袖手旁观别人创造神话。

果然人们开始用木板遮盖江边用瓷砖装饰的新房，把金属水泥的栏杆换成圆木，在一天天改造过程中，沱江已经可以看出复古的雏形。兴许再过一些时候，在这条江的两旁，又能找回黄永玉画笔下那些令人回味的风景了。

当然，仅仅是吊脚楼是不够的，在东正街、中营街、登瀛街、文星街、南正街、南边街、北边街、王家弄、史家弄、早阳巷、安乐巷等古老的街区，一方方旧门墙都在按仿古的样式翻修成客栈、商号和可供参观的民居景点。所有现存的明清建筑，也列入盘点清单，文庙大成殿、升恒门、壁辉门、准提庵、万寿宫、妈祖庙、三王庙、文昌阁、杨家祠堂、遐昌阁、朝阳宫、万名塔、陈范旧宅、提督巡抚钦差大臣田兴恕故居、民国内阁总理大臣熊希龄故居、著名作家沈从文故居……老祖宗给后人留下的财富让醉心于申报“世遗”的人们深感幸运，同时又止不住一次次叹惜，那么多精美的建筑和怡人的景观，已经从这片土地上永远消失了：武侯祠、文庙巷、杏坛牌坊和桥、道门口、石莲阁、岩脑坡闸子、北门考棚、八角楼、傅公祠和花园、接官亭外牌坊、玉皇阁……它们曾经那样尽职尽责地点缀着这座结实丰富的小城，如今只留在人们忆旧的字画与怀旧的梦境里。

沱江边的吊脚楼新的变旧，旧的翻新，千古流淌的沱江水年年岁岁浪依旧，而在河上撑船的艄公却岁岁年年人不同。妇人们在石板上捣衣，不再用传统的木盆木桶，河沿一线红橙黄蓝的塑料桶，给原本清静如水墨画的河岸平添了诸多热闹的色彩。与这番热闹相呼应，码头上拥塞了花花绿绿的游船。城小，游客也不是太多，相对游船老板而言似乎僧多粥少，故而许多游船一早靠上码头，船老板顾请的帮手就开始走街串巷，像私家侦探一样跟踪他认为刚刚入城的游人，你走他也走，你停他也停，你参观什么景点他就在外边等着，等他终于有机会与你搭讪了，便会从从容容走过，劝你去坐船，看一看他们美丽的沱江，看一看沱江两岸的风光，最后到达他们很是爱戴的文化先辈沈从文先生墓地。

游船一经在水上移动，游客手中的照相机定然要噼啪响个不停了。这里那里还时不时要让船老板将船稳住，“向左向左，停——再向右一点”，更有追求画面完整的客人喊着，闻名遐迩的湘西吊脚楼，是到此一游的客人谁也不愿放过的景物。如今满世界怀旧的潮流汹涌澎湃，一切旧时的痕迹都被当做将要消逝的珍宝被收藏。可是这些快乐的收藏者，有谁注意过隐身在吊脚楼的倒影中那些神秘与动人的悲剧与诗呢？或许只有等这些人中的某一两个，租得临江吊脚楼的家庭客栈来歇息，夜深人静时分，在客栈的小晾台上，不经意中将目光掠过夜色中的沱江，发现对岸楼窗中透出的一团朦胧的橙色光晕正映在悄无人语只闻涛声的江上，幽幽的不知深有几许，才蓦然间将这座小城忧郁的气质参透了几分。

虹桥的第一批游客（2013）

食爲天

苗已不苗，汉也不汉

正统的史学总爱用汉字昭彰历朝历代对少数民族的驯化，并多半用一个模棱两可不必深究的词来形容——汉化，在凤凰也不例外。在历史上，虽然凤凰城的建造与苗族和苗疆的存在密不分，但随着苗汉民族的融合，这座城池的军事要塞作用已经完全消失，成为中国数以千计的小城镇中极为普通的一座。可是当涉及对历史的叙述时，人们还会特别在意苗汉的区别。听说在县里的某次研讨会上，曾经出现过对凤凰城究竟是汉人的城还是苗人的城有过比较明显的分歧，最后为了回避这个一度敏感的问题，主办者把它从会议纪要上删去了。

其实在今天这个问题似乎早已变得不那么重要，只要你接触几个苗族人，就不难得出这个结论。两次去凤凰采访，都是小欧陪同。小欧是苗族，白面皮白牙齿，个子不高但动作敏捷，其长相很能体现苗族人的特征。闲谈中得知小欧乃凤凰县城外山江人氏，中央民族大学毕业分配回县工作，业已结婚生子。妻子也是苗族，在某乡政府工作，还没能调进县城。到达凤凰县城沱江镇，所遇小车司机，客栈老板，接风的县干部，一连六七个人，个个都是苗族，而且个个性情开朗愉快。问及如何辨别苗汉，全都满不在乎，说，反正苗族汉族差不多，辨或不辨也无所谓。又说除了村中老妇或者出嫁新娘，苗族服装基本不穿，中青年说汉语写汉字，卡拉 OK 唱的也是流行歌曲，除非应付民族学院必修的课程，对苗族的历史并无特别研究。要是说起理想，年轻人希望有机会到大城市工作，年长的希望去外地旅游，总之对外面的世界挺有兴趣。与汉族交往基本没有障碍，只要两心相悦，男婚女嫁也属正常。认为汉族也没有什么可羡慕，倒是想劝他们改用苗族身份，或可获得计划生育与高考分数线的优待和实惠。苗族的生活现状实在已看不见多少与那段血色历史有关的痕迹，毕竟腥风血雨的日子已经远去。

然而对这种融合，用“汉化”一概而论，实在是不大全面。以凤凰人“老

苗家女歌手（2013）

子天下第一”的脾气，以他们不问为何而死只问死而如何的生死观，以及活着拼死了算的匹夫之勇，似乎正合了以往对苗族人的描述：易负气轻生，难媚世屈己。

第二次到凤凰去，朋友带车到吉首车站接我。上得车来，只见开车的司机满脸怒气骂骂咧咧，也不知道骂的是谁。把我们送到酒店，早饭也不肯吃，就急着要上哪儿去干什么大事，只丢下一句话，你们吃好了就呼我。到了出发的时间，见他匆匆开了车来，脸上的怒气似乎平息些许，估计离开工夫已找到机会泄了火。车刚上路，未等探问，他就主动告诉我们说，“你们知道我上哪儿去了？打人去了！”

原来他用这一顿早饭的工夫，将他的女友痛殴一场，起因是他发现女友的手机上有省会某烟厂一名推销员发来的爱情短信息。

“我为她离了婚赔了钱，她要是想叫我人财两空，我就叫她死！……爱情不是好玩的，玩爱情就是玩火，搞不好就同归于尽！……我叫她在家里等着我，等送了你们回来再同她算账。看她怎么搞，要莫是她改邪归正，要莫是我跟她一块捆炸药包一块跳江，我没有别的只有命一条……反正她不收心，就叫她死，我就不怕她长得乖……”司机一路怒气冲天念念有词，将车子像箭一般向前方驶去。

我们三个乘客一边提心吊胆看着路两边飞快闪过的山峦树木，一边极尽心理医生之能事与他谈天说地，又一个劲儿声讨那个烟厂的第三者，好不容易让他波涛汹涌的情绪渐渐平息下来。要是让他这么怒发冲冠一路开下去，说不定他还没来得及跟女友捆上炸药包一块儿跳江，已经拉上我们几个无辜的家伙当了陪葬了。

途中遇到吉信镇赶大墟，四乡的农民将成筐成篓的生姜、橘子、辣椒摆在公路两边，把一条连接湘黔两省的主干线挤得水泄不通。几个交通警察在人群车流里蹿来蹿去，喉咙喊破也动员不起货主们向后退上一两寸。只好挽起袖子亲自动手，把长龙般看不见头的筐子篓子一个个往后挪，而那些以货物阻塞了交通的山民，却叉着腰在一旁很悠闲地抽烟聊天，好像这些东西跟自己一点儿关系也没有。整个场面真的很有些人民公仆为人民，人民未必很领情的样子。我们奇怪警察怎么不发火，司机以知情人的口气回答我们说：“发火？你以为这是在哪儿？这是苗区！苗族人是好惹的？”

“看样子你怕也是苗族人吧？”我趁势问道。

“我是汉族。”司机说。

“可我看你也不好惹呀，动不动就要捆炸药包。”我说。

司机闻说不好意思地笑笑，说了句文绉绉的话，大大出乎我的意料：“近朱者赤，近墨者黑嘛，天天跟苗族人打交道，也变得不好惹了。”

雨中丽人（2014）

众人都笑，觉得这个莽撞的愣头青几分可笑几分可爱，挺有意思。笑过之后我就想，这个例子是否可以用来证明我的感觉，湘西人群体个性更多地体现着苗族的特质？从人的角度说到底，不是苗族被汉化了，而是汉族被苗化了。但是几乎在既往所有汉人书写的历史中，苗族人被汉化是不容置疑的结论，无论正史、野史，抑或只是一个村落或者一个家族的民史都如此。

凤凰县西南三十多公里处，有一个特殊的村落书架塘。因其整个村落全部由大块青石砌成，屋宇街巷的结构更是一个易守难攻的城堡要塞，引起国内外人类学、史学专家的注意。据考证，这个特殊村落由北宋名将杨六郎与穆桂英第三子杨再思始建，当时他奉旨平南，见此地南边山高水险，北边地平丘坦，是一个安营扎寨的好地方，遂将其建为屯兵之营，后来随他的后代们繁衍生息，一代代将兵营建成了亦军亦民的城堡。

我们费了好一番周折才找到了通往书架塘的路，到了近前，发现这座由一千五百余米青石城墙环绕的城堡果真有名不虚传的妙处。那些石墙经历了上千年风雨的侵蚀，虽印迹斑斑略有残败，但该方处方该圆处圆，每块石头都砌得中规中矩无可挑剔。城堡里分上、中、下塞三个区域，由清一色的青石板路相通，街巷则是三横两竖七拐八弯的迷宫式结构，以致一个中央电视台的记者前来采访时还迷了路。

见来了远客，书架塘人很高兴，忙把村里的老秀才请来给我们带路。

老秀才已经七十八岁高龄，虽说牙齿缺了几颗，讲起话来不大关风，还是能说会道，且一副成竹在胸的样子。他带着我们在村里走来走去，左一拐右一拐的，走得我们气喘吁吁不辨东西，其实不过是为了让我们把全村十三个大石头门，一个不落全看一遍。这十三个大石门，代表着村中十三个曾经显赫一时的家庭，院中的房屋年久失修多数已经残破了，只有那些石头门因是整块石条建成，虽经年累月仍是我自岿然不动的样子。每个大门上方，都嵌有石匾，上边分别镌刻着“礼重师严”“处善寻理”“剬节谨废”“动出万全”“履芳怀洁”“清白家声”一类明显带有中原文化气质的警世之言。有的大门进得其中，正屋厢房都塌陷无存，后盖的简易房舍显然跟这样森严的大门毫不

书架塘村的房屋都是石头垒砌的（2001）

相干。也有的院落还残存着相应的厅堂居室，老秀才如数家珍地把刻有黛玉葬花、哪吒闹海、尧皇牧牛、太公钓鱼、鹬蚌相争、松鹤延年等图案的雕花窗棂，一扇扇指给我们，并且很夸张地强调说，广东来的游客出两万元买一扇，都没卖。

我们一边惊诧在这个连来过几次的司机还得边开车边问路的偏僻山村里，居然有这等门户轩昂的大院，有这等雕刻精良的窗棂，一边为它们的现状和前景担忧。你看那肩负花锄的黛玉姑娘，纵有婀娜多姿的体态，也挡不住窗户下边的柴火灶每日里烟熏火燎，再被蜘蛛网一绕被晒衣绳一拴，早就蓬头垢面，哪里还有她千娇百媚的份儿？既然如此，何不卖给识货的人，否则再过上三年五载，葬花的黛玉也只有当柴火烧的用场了。

“为什么不卖？”我问。

“我们不同意卖。”老秀才说。

看看坐在房檐下边的老婆婆，大热的天还穿着厚厚的棉袄，佝偻着身子喘气，可见屋主人的现实家境不见好。难道两万元买一个窗棂的价格，还不足以叫他们动心吗？

“是他们家不同意卖吗？”我指着那个病怏怏的老婆婆。

“是我们，他家想卖我们也不能同意。”

“你们？是村委会吗？”

“全村人都不同意。保护文物人人有责呀！都卖了以后游客来了看什么？”老秀才振振有词。

接着老秀才又带我们一家家去看些文物，比方说有了裂纹的大瓷缸，断了腿的八仙桌，还有成了踏脚石的石锁等等，越看越让人唏嘘不已——全都是稀世珍宝，也全都破损不堪。

从这些物件，你完全可以看出这些村人的祖先，曾经过着何等考究何等华贵的生活。可是他们的后代已经把这个鼎盛一时的村庄，弄到比一般村寨还要贫困还要脏和乱的田地。猪和鸡在庭院、堂屋自由行走，有的人家卧室里还放着喂猪的食槽，道路上处处可见牲畜的粪便，竹篙上晾着的衣裳洗得看不出是什么颜色。

可是真让你不得不服，这样的生活对他们大汉族意识居然没有半点儿影响，似乎有老祖宗的余晖永远照耀就完全可以让他们心满意足了，这一点在书架塘人撰写并出售的一份打印资料中有清晰的体现。他们写道：

> 一个村落迷失了六十年后，让一本古得发黄的杨家族谱给点明了方向，那里的人们根本想不到自己破落的家园有如此灿烂光辉的历史。族谱为清雍正五年抄写，由杨令公二十四代孙杨再修组织人力财力，根据古谱并实地考证之后写出。
>
> ……西夏来犯，杨门不计私怨又披血袍举家赴国难。此役六郎延昭战死沙场，其儿杨宗保与妻穆桂英继续奋战，宗保中箭殉国。杨家唯余幼儿六郎三子杨再思。
>
> ……皇佑四年，南方蛮夷龙知高为首暴乱造反，杨再思奉皇旨为帅，南伐楚粤。再思以攻心为上，所到之处夷民不战而降，致使南蛮诸夷无不心感诚服，对再思之赞誉不亚于孙权与诸葛。因功受爵，皇上加封再思为威远侯王，世守南疆。
>
> ……从此蛮夷不敢作乱，不愿作乱。为能长治久安，再思领兵于山顶筑屯，纵横山间，引火烟为号修建八卦图形样古屯营盘，围绕书架塘。

书架塘人深知自己的家园已经破落，但越是破落越会沉湎于辉煌的历史不能自拔。这些对先祖五体投地的过誉之辞，像陈年的老酒佳酿，可以让他们一醉解千愁。

曾经有人指出，中国的民族区分原本就是一个需要讨论的问题，西方以人种、肤色和血缘来区分不同民族的概念并不能在中国全盘套用。中国某些曾被指定为“夷”的少数民族，其实不一定在人种血缘方面的有什么特别，只不过是其纸张和印刷的程度低于中原华夏。章太炎在《中华民国解》中说，华夷之谓仅可“别文化高下”，“中国可以退为夷狄，夷狄可以进为中国，专以礼教为标准，而无有亲疏之别”。书架塘的例子也许可以成为这种观点的佐证。

老包与“沱江人家客栈”

还是回到九月仲秋那个气候不冷不热，天黑得不早不晚的傍晚吧。凤凰县城里的居民家家已经吃罢夜饭，城中小有名气的沱江人家客栈老板包忠文，照例要把江边吊脚楼上的红灯笼亮起来。跟周围其他客栈挂出的一串串小灯笼不同，包家的灯笼大，一共只有四盏，从江心漂浮的船只上看过去，四团大而朦胧的红光在夜风中来回晃悠，很动人的样子，倘若到了冬天，定然还会叫人感到温暖。

老包亮起灯笼后，就要撑着自家的小木船去江上转一圈，好比大城市人饭后散步。有客人时，载着客人，让他们趁白天的游兴再观沱江夜景，没有客人，他便去小游鱼出没的水域撒下一片小网，然后坐在船尾慢慢点上一支香烟来抽，等着鱼儿入网。等鱼的空档，老包每每要哼上几首山歌，有时候是应客人的要求，有时候是自娱自乐。

“心想唱歌就唱歌，心想打鱼就下河，你来撑篙我拉网，随你撑到哪条河。”老包唱罢，很有些得意地说，“随你撑到哪条河我都可以打到鱼。”

老包的网的确很少有空着上来的时候。

不管船泊何处，老包的脸总要冲着自己家的吊脚楼，那上边亮着的红灯笼，让老包看着心安，也百看不厌。过不了几支烟的工夫，沱江两边该亮的灯就要亮了，虹桥风雨楼、万寿宫、万名塔这些凤凰县城的标致性建筑，还将被各色霓虹灯镶嵌出各自的轮廓，连老包家紧隔壁的画家黄永玉先生私宅夺翠楼也不例外。一条安安静静的夜江瞬间热闹起来，老包就该忙着收网了。他在这条江上撑船撑了几十年，撒网撒了几十年，已经看惯了它寂静安详的模样，似乎不大能适应这种让多数人感到欢欣鼓舞闹腾劲儿，尽管他也知道越闹腾就说明这座小山城越繁荣，越繁荣他的小客栈营生越好。

周围的灯光多而明亮，老包家的灯笼便朦胧得有些黯淡了，但老包从没想过要把灯泡换一些大瓦数的，他是个知足的人。老包的确很知足。知足是因为他经历过太多的苦难和艰辛。而且他的履历正可以呈现凤凰一城最重要的历史：瘟疫、匪患、苗汉杂处以及从默默无闻到引人瞩目的过程。

问老包今年贵庚几何，他总是含含糊糊说，六十多岁了。其实老包并不清楚自己究竟出生于何年何月，他自小是个孤儿。

母亲死于霍乱那年，老包刚刚记事，还没有正式的名字，因上边有一个姐姐，故被称为包弟。老包或许隐约记得幼年丧母时瘟疫流行万户萧疏的情景，

回龙阁是风水宝地（2013）

但要确定是哪一年实在有点困难。凤凰县志记载：民国九年至三十一年（公元1920~1942 年），本县曾有过四次霍乱、副霍乱大流行，死亡率高达百分之九十八。1933 年霍乱暴发性流行，县城沱江镇为主要疫区，每天死亡人数高达三四十人，寿木店里的棺材一抢而空。总兵营更有六户人家在三日内全部死绝。恶病流行防不胜防，百姓只好靠民间土方草药救治，同时靠巫婆法师求神佛保佑，一时间，街头巷尾乡里村外灵幡飘摇，哭丧的号啕与跳神的响器杂为一曲。再三再四，凤凰城外年复一年新坟叠出，凄凄惨惨戚戚。

幼小的包弟殁了母亲，与姐姐和父亲相依为命过生活。

包父是个小食贩子，专卖一种祖上传下来的牛肉丸。每天半夜，以上好的新鲜黄牛肉剁成碎末，将野外生长的地葱和姜蒜、辣椒一起用石臼捣成绒絮，加食盐酱汁搅拌，搓成婴儿拳头大小的肉丸，上笼蒸熟置于竹篾筐中，再盛牛椎骨熬成的高汤一桶，酸菜、剁椒、芫荽、葱花各备些许，天已微微亮了。一头木桶一头箩筐，包父一副担子挑着全家三口人的生计匆匆进了城。沱江镇上那些贪吃馋嘴的孩子，总是刚从暖烘烘的被窝里伸出胳膊打着哈欠，就照例听到了那长身驼背的苗族汉子悠扬如山歌的叫卖声，不管风霜雨雪从不间断。于是也就顾不得穿衣戴帽，光着脚丫敞着头便冲了出去。当然，冲到担子边的也不一定天天有零碎钱来享用，闻闻从担子上飘过来的香味，看一颗颗嫩嫩鲜鲜的肉丸浮在青葱与红椒之间也就够了。另有调皮捣蛋的男孩子，趁他应付买卖的工夫，拈上一两个牛肉丸塞进袖筒口袋，然后飞也似闪进家门窃笑而食。对此伎俩，小贩包父并非不知，只不过念及孩子年龄与包弟姐弟不相上下，不想跟他们较真而已。

巧在若干年后，那群调皮男孩中名叫黄永玉的一个，已经成了全中国挂得上号的著名画家，回到家乡，在老包紧隔壁盖了一座令乡人与来客称奇的画室，取名“夺翠楼”。黄先生与老包一样上了年纪，偶尔碰到一处总爱说些童年的事情。某天，黄先生问老包：“记得小时候总爱吃一位包姓汉子的牛肉丸，没有钱时就偷他的吃，他也不恼。不知什么时候这个人不见了，连那种好吃的肉丸子也跟着绝迹了。你知道这个人吗？”

风雨无阻读书郎（2014）

老包闻说嘿然苦笑，说：“我正是那汉子的后人。”

黄永玉从老包处得知了其父的下落：某回去山江墟场赶墟卖货，遭遇土匪抢劫，只说了句“行行好，给我的孩子留一点儿”，便被土匪怨恨，回程半路将他掳走，从此生不见人死不见尸。有见识的长辈揣度，山江地方山坳中岩洞颇多，包父怕是被土匪杀害后塞进洞子了。

黄永玉沉默片刻又问老包，你家祖传牛肉丸子手艺失传到底可惜，你何不把它接了过来。

老包道：“这些年政府振兴旅游业，也号召发掘传统小吃，动员我继承父业。只是我一想起父亲死得这样悲惨就心里难过，天天做他的牛肉丸子不是要天天想念他吗？”

黄永玉听了无言。

父母双亡的包弟跟姐姐一块被守寡的婶娘收养，却不被表哥相容。于是还没长到扁担高，包弟就做了凤凰城中年纪最小的一个挑夫，春去秋来没一天歇息。冬天路面结了冰，赤着一双脚踩

占尽天时地利的夺翠楼（2014）

在上边，满脚的冻疮裂开口子，血水一路淌过去好比落英委地。夏天顶着毒日头晒，满脑袋化脓的疖子，白花花的如同盛开的米兰。包弟一双脚板丈量着凤凰城里最繁华的东正街与边街，正是当年逃学逛街的富家子弟沈从文怕雨水湿了布鞋被看出破绽，故脱下鞋袜赤脚走过的路途。这些街在沈从文少年的记忆与成年的记叙中，永远是一本翻不尽读不完的丰富的大书，永远多姿多彩韵味无穷，而在小挑夫包弟眼中却只有数不完的青石板和路尽头几个铜钿的工钱。随着这双脚一天天长，街上的石板路自然是一天天短，包弟长成了青年苗家汉子。青年包弟在沱江上跑船，使得篙拉得网，又老实又勤勉，被苗家姑娘滕树连的母亲相中，招入这个了无男丁的家庭，做了倒插门的女婿。

老包夫妇半辈子的艰辛自不待说，儿女的哺育老人的赡养，迫使他们干尽了城中最苦最累的活计。好在妻子高大健硕，能吃苦耐劳且手巧心善性情开朗，夫妇两个相濡以沫同甘共苦，不知不觉中也把儿女拉扯大了老人送了终，还攒下一笔钱，于 20 世纪 80 年代初买下回龙阁一处将要倒塌的破旧吊脚楼。买楼的时候，老包夫妇不过是觉得它便宜，面积也够了一家人栖身，从未想过这一买倒买来了二十年后人人羡慕的商机。

20 世纪 80 年代以后，随一度被冷藏的凤凰籍作家沈从文先生的作品重新走红，边城凤凰开始被国人也同时被洋人关注，加之凤凰籍画家黄永玉声名鹊起，更把沈从文笔下的凤凰城形象地铺陈在世人面前。它的玲珑它的雅静，它仿佛具了匠心的布局，以及它比外界晚了许多的现代化进程，都构成了人们对它的兴致所在。到了二十一世纪初，国内外对它的关注程度，已经足够让凤凰县的父母官具备了申报世界人类文化遗址名城，要与云南省的丽江四方城一决雌雄的信心。

老包的“沱江人家客栈”应运而生。

这所只有八张床位的家庭客栈，因了地处回龙潭畔，与万寿宫、万名塔、遐昌阁相对，更与黄永玉先生的画室夺翠楼相邻，在地理位置上已经得天独厚。又兼老包夫妇与儿子媳妇都是温良恭俭的好人，咿呀学语的光头小孙子天真烂漫，让宾客一经入住顿生如归故里的感觉，开张不到一年，已有了五湖四海的回头客。客人们在老包家虽然简陋却很整洁很家常的吊脚楼上凭栏而坐，一壶清茶伴以香喷喷的炒葵花子，早看岸边浣妇晚观江中渔火，更有雾晴雪雨季节变换，业已乐不思蜀。到了吃饭时间，老包夫妇又按时按点端上正宗湘西风味的家常便饭，四菜一汤有荤有素，吃得你肠满肚满，还不过三四元费用。在如今外出旅行常常被宰得体无完肤的游客眼中，老包一家这种本分实乃久违难得，还有什么闲话可说？

每天笑眯眯的老包好像没有什么烦心的事，或者说放在别人那儿定要心烦的事让老包遇上他也带得过。黄永玉贴着他家的墙盖了那座气势磅礴的夺翠楼，高屋建瓴的结果是黄家的一线屋檐沿着包家的房顶走，把雨水全泻到包家晒台上。有好事者打抱不平地撺掇老包夫妇，这总得让黄家给些补偿才想得过，要么给钱要么给画。老包一笑了之，乡里乡亲的，要钱绝对不行，画么，人家没有送你的意思，讨来的，有什么味道？

老包一家仍然心平气和与黄家做着睦邻。有年黄老先生去了北京，那两匹意大利引进的大猎犬就托付给老包的妻子喂养，直到主人归来，两条狗安然在无人的宅子里度过了大半年时光，黄先生见了直嚷：“长胖了，太胖了。”几年后，包家娘子听说那两只狗被接去北京却先后病死，满面痛惜之色，反复念道：“那么猛的狗，怎么就死了呢？”黄先生家每次来了远道的密友亲朋，家务忙不过来，必请包家娘子过去帮忙。这些都按月付工钱，包娘子受之心安理得。黄先生在家时，偶尔会请阳戏班子到夺翠楼临江的大露台上唱堂会，老包一家人坐在自家的晒台上看戏，感觉跟坐在剧场的包厢里差不多。

自从有了黄永玉的夺翠楼，回龙阁一带的地貌与往昔大不一样了。夺翠楼的屋脊凌空而起，从对岸远望，恰如一只昂扬的龙头，而老包家的小楼，正处在龙的腮帮子部位。老包晚晚在江里撒网捕小鱼，坐在船上看着那一片灯光闪烁的窗户抽纸烟，觉得黄永玉的画室像是龙的眼睛，自己的家则像龙的牙齿，眼睛和牙齿一齐发着光，更显出十足的精神来。

要是黄先生在家，第二天他的餐桌上，也许会多出一盘诱人的豆豉辣椒火焙鱼。当然是包家娘子送来的。

我在第一次访问了凤凰之后写下了以上的那些文字，我以为老包一家就这么平平静静也知足常乐地过下去了。没想到几个月之后，我再一次住进沱江人家客栈，却发现——准确说应该是认为——老包夫妇有了新的苦恼，而且这种苦恼完全是因为他家的生意兴隆带来的。

老包的“沱江人家客栈”可以说是占尽了天时地利人和。从地理上看，无论你是去实地旅行还是在屏幕或画片上浏览，都能看到这座几乎是处在沱江吊脚楼群中最显著位置上的小客栈。往人和上说，老包夫妇的服务已经在短短的一年时间建立尽可能好的口碑。再论天时，县政府大力引进资金开发旅游业，凤凰县在游客中的知名度越来越高，对老包家这样的家庭小旅馆的经营者来说，无疑是最大的利好。

按说天时地利人和从来是中国人梦寐以求的大好光景，怎么反倒会产生了苦恼呢？

首先是老包越来越觉得自己的客栈太小了，接待能力已经赶不上旅客的需求。有的时候，床位早就满了员，还有远道来的客人手里捏着老包的名片跑来住店，说哪个哪个朋友过去在这儿住过，感觉好得不得了，特地介绍他来的。老包心里高兴，脸上磨不开，就和老伴把自己的卧室让出来，老两口在客厅里打地铺。尽管如此，客栈总归是太小了，时不时还得千道歉万道歉地把找上门来的客人介绍到别的客栈去。眼看着客人怏怏地走远，老包夫妇心里当然除了歉意之外更添了遗憾，打发走一个客人，就等于打发走了几十元钱，这个账谁不会算？于是老两口在地铺上越来越多地盘算起增加床位的事情来了。几个月前，他们还跟我说，这个客栈反正是自家的房子自家经营，也没有多少投入和开支，有人住了多烧几壶开水多炒几个菜，客人走了洗洗涮涮抹抹扫扫也费不了多大的累。这么有一搭无一搭做下去，存几个钱养老，再花几个钱到外边去旅游观光，辛苦了一辈子，也该歇歇了。

可是现在，客栈要扩大要装修，出去旅游观光在短时间内怕是不大可能了，把老本全搁进去还不一定够用，说不定还得向银行贷款。于是两个已经出嫁的女儿决定把存款拿出来投资，整个“沱江人家客栈”的资产分为四股，老包夫妇和同住的儿子占两股，两个女儿一家一股。在外人看来，老包一家原本是夫妻和睦父慈子孝的传统式家庭，如今成了一个准股份制公司，不管怎么说，已经在亲情中间加入一些其他的关系成分，父母儿女之间忽然多出了一层股东的关系，再也不会像早先那么单纯，这对老包一类的小城镇传统家庭而言，难说不是一种挑战。弄好了什么也不用说，遇到任何问题——甚至仅仅是暴发了，首先面临挑战的就是亲情。对这一点，老包就算没有敏感，隐忧终归是要有的。

当我第二次到凤凰去的时候，“沱江人家客栈”已经开始它的全面扩大和装修。单从设计思路上来看，当然还是很对路子的。客人不是希望让旅行的时光跟城市里的日常生活拉开距离吗，那就投其所好，把所有客房都做成杉木壁板的老式房子。照顾到大城市人的习惯，必备的生活设施却不能老套，可供客人随时沐浴的热水要充足，锅炉不能小，洗手间的数量要与客房数量相适应，部分房间还要安上冷暖两制的空调。工程浩大，为了不错过春季的旅游高峰，十几个工人每天加班加点工作，老包夫妇还得亲自下厨预备他们的午饭，辛苦自不必说。收工之后，多半已是深更半夜，老两口打扫打扫就在客厅水泥地上打地铺，第二天天没亮又起床接着忙。我在他们保留的唯一一间小客房里，听楼上电锯电刨响成一片，心知老包夫妇晚年的生活计划已经在短短几个月里，发生了完全彻底的改变。因了这种改变，辛苦了一辈子的老包夫妇，将比先前更辛苦地继续辛苦下去，消消停停的晚年，只能是离他们越来越遥远了。

当然这些都是以后的事情，也可能只是我这个旁观者的杞忧而已。眼下老包一家人现实的烦恼，是沱江人家客栈所遭受到的嫉妒。

我们已经知道了老包的身世，在很长的一段时间里，作为社会最底层的成员，他几乎从来没机会被别人妒忌，只有妒忌别人的份儿，或许因为老包一贯遵循着知足常乐的人生哲学，连妒忌别人的时候也很少有过。

可是现在不同了，客栈在短短的一年时间里，已经火起来了，老包一家在这座小城里糊里糊涂就成了有产阶级的成员，而且这一切来得如此迅速和容易，不就是因为客栈前临沱江后靠夺翠楼，占领了凤凰城最好的观景点吗？早先左邻右舍，包括那些早早搬出了古城区到新开发的山坡上盖了房子的新贵们，又有谁看好他家那栋歪歪斜斜的小木楼呢？谁会料到它居然成了一只吹口气就能生财的聚宝盆呢？人算不如天算，是老天爷成心想让老包富一把。这明摆着是叫人干瞪眼儿没办法的事，于是生出些妒忌也在所难免。

老包跟一些邻里的关系就发生了变化。特别是有些除了浑身力气和一点就着的脾气，其他一无所长一无所有的人们，对从他们的队伍里分化出去的老包就不大客气了。

就拿早先跟他一块当艄公的弟兄来说吧。他们没有客栈呀，他们只能受聘于承包凤凰主要景点五十年之久的黄龙洞投资公司船队，用劳动力换取工资。从根本上说，他们和老包的身份从本质上已经相去甚远，所以再也不可能如以前一样和谐了。这倒不一定是老包怎么张扬了，这种芥蒂光靠好脾气和好态度是无法消弭的。自从黄龙洞公司对沱江水面实行了全面管制，按公司规章，老包再也不能随心所欲地载着客人去泛舟了，别说收费的，不收费的也不行。因

夜市（2013）

古

为老包的船一动，只要上边有客人，就有了与船队争客源的嫌疑，不管你怎么申明都没用。你说你是免费的，只为住在本店的客人服务，就算此话不假，这几个享受了免费待遇的客人，还会花钱去坐船队的船拜谒沈从文墓地游览沱江吗？他们不花钱，公司和职工的利益就受损失。所以，他们把老包的船严密监视起来，不得有任何例外。

我在访问中需要拍几张照片，已经通过与黄龙洞公司总经理相熟的朋友打好了招呼，同意由老包免费载我一游。我在岸上等老包下河去将他家的船只划过来，包娘子也给我们预备了桨，没想到对面岸上管船的纠察员不答应了，急忙划了船前来阻拦。尽管最后主管经理也打了电话来放行，交涉的结果仍是老包上岸歇着，由那小伙子义务载我下河拍照片。而且那个看起来面貌不怎么和善的年轻人，在与我合作的过程中服务态度说有多好就有多好，你要往左往右往前往后拐弯直行，只管说话，结果我都不好意思提要求了，人家还一点不烦。临了还放下船把我领到一个制高点，告诉我从哪个角度拍沱江最好。

等我高高兴兴拍完了照片回来，客栈里的气氛叫我吓了一跳。老包坐在小板凳上抽闷烟，回家照应装修事务的两个女儿脸色也都不好看，包家娘子则在厨房里指着窗子外边高声叫骂。只见她脸色煞白，捶胸顿足并且涕泪横流，与我印象中的那个开朗和气的老大姐判若两人。看见我，她的眼泪流得更加汹涌了，嘶哑的喉咙只发出一个声音：“他就是眼红我们，跟我们过不去，这下可让他搞赢了，让他搞赢了……搞赢了……”

事后我才大概搞清楚了事情的原委，因为老包下河载客的事情，船队的这位纠察多次与包家发生龃龉，以致结了怨。老包家里一直对免费载自己家的客人游江也要受限制感到委屈，但无奈对方现在穿了公司的制服，戴了纠察的红箍箍，代表的是公司执行的是公务，按章办事不问皂白，你能于他何奈？这回本来以为通过了公司老总，可以破上一回例挽回一些面子，没想到让对方略施小计又把上风给占去了。叫包家如何不气。

我为自己拍几张照片居然引起这么大一场风波，对包家十分抱歉，为求息事宁人，只好一个劲儿劝说包家娘子：“树大招风，被人家眼红说明你搞得好，应该高兴才对。”

包家娘子说，“搞得好是本事，搞不好是命定，他有什么理由眼红别个？”

我一时语塞。别看她这句简单的话，竟是既包含了最时髦的优胜劣汰价值观，又包含了最古老的宿命论，凭三言两语，我又怎么说得清楚。

第二天微雨的清晨，我背着相机出门，正碰上包太太在门口的土地庙前上香。三月的风夹着雨滴，吹动着她过早花白的头发，使她双手合十的身姿有了些许辛酸的含义。她向一直保佑着自家的土地公婆许的愿，到底是祈求好本事还是祈求好运气，没人知道。

一片没有归根的落叶

毫无疑问，时下湘西大山里的这座小城，正处在一场革命之中。跟它在几百年来经历过的所有流血的革命都不一样，这次的革命是热热闹闹的，不需要流血也不会死人。

离第一次访问不过几个月时间，小城里忽然冒出了许多新的铺子新的客栈，因而也冒出许多跟这些建筑并不太相衬的霓虹灯和灯箱招牌，几条主要道路上，都密密地栽上了的灯柱，安上了与吊脚楼和旧城门风马牛不相及的欧式路灯。到处是拉水泥拉木头的三轮车，到处都跟老包家一样响着电锯电刨的声音，到处都是因凿石头修路竖起的指示车辆绕道缓行的牌子，仿佛有一个大工程队正把整个小城都包下来全面装修。

我把我的观感告诉同行的凤凰人，他们笑着认可说，这样看也没有错，凤凰城不是被“黄龙洞”包了五十年吗？

他们说的黄龙洞指的是张家界黄龙洞投资公司，在今天的凤凰，你一天不知道要多少次听到这个公司名称。1999 年，这家公司曾经独家策划出资并组织实施了“穿越天门”的国际特技飞行大奖赛，在中央电视台的屏幕上大出了一阵风头。2001 年 10 月，该公司又爆出新闻，与凤凰县人民政府签订合同，获得了该县黄丝桥古城、沈从文故居、熊希龄故居、奇梁洞、南方长城、凤凰

水上的营生（2013）

古城、沱江、杨家祠堂等八旅游景点的五十年的经营权。经营期内黄龙洞公司将向凤凰县政府支付总额为 8.33 亿元人民币的转让费，其中首期转让费为 2800 万元，并承诺在承包的前两年投入 8500 万元用于古城墙、古城楼的修复和一些景点的开发，并投入 1800 万元用于旅游宣传促销。

消息传出，凤凰城群情激昂，那种热烈气氛大概并不亚于当时箪军出征的情景。他们心中天下第一美丽的小城，藏之深山多少年，终于要崭露头角了。要知道近二十年来，他们就是那么眼睁睁地看着比邻的张家界一天天发达起来，甚至一举夺得“世界自然遗产”的桂冠，张家界的山民摇身变成了中等城市的市民，而凤凰城一切依然。这公平吗？现在机会来了，他们能不摩拳擦掌吗？

七十二岁的凤凰籍台湾老兵吴家实正是在这个时候踏上了回乡的路。他从台北桃园机场登机经香港过深圳，然后乘火车抵达长沙。他的本家侄孙吴玉明举着接客的牌子在出站口候着他。吴玉明白净脸皮矮个子，短手短脚，一双大眼睛很灵活地到处张望。凭着对苗族人特别熟悉的感觉，吴家实一下子就从人群中发现了他。虽然从未见过面，吴家实将这个侄孙搂进怀里的时候，还是有些抑制不住内心的激动，一行老泪潸然而下。自从 1948 年夏天，他在挑脚途中被国民党的一队败兵抓了壮丁，糊里糊涂到了台湾，在异地他乡孑然一身度过了五十二年。他不能不激动。

吴家实选择了乘长途汽车回乡。五十多年前，他跟着那支国民党的败军，一程徒步一程汽车再一程木船，正是沿着今天汽车将要经过的路线，连滚带爬出了湘西。时逢江南盛夏，酷暑难耐，一路上有不少挑夫因负重过多发痧中暑倒毙途中。吴家实凭着二十岁的强壮身体支撑过来，但那次艰辛的旅程就像被刀子刻在他脑海里，几十年来不能忘却。他买各种版本的地图册，常常沿着那些曲曲弯弯的细线意归故里，每本地图册湖南省的那一页总是被翻得特别旧。到了终于有机会实地重行的时候，他当然是不会放过的。

年轻的侄孙显然不大赞成吴家实的选择，但是长幼有序的规矩迫使他不得不主随客便。所以一路上他都有些怏怏的，幸好有吴家实送给他的随身听小型激光唱机和演唱掌上游戏机给他解闷，才使他不至于露出些个烦躁的情绪来。

难得清静的城门楼（2013）

两个不同年龄不同心情的旅人，对同样的风景，自然有着不同的感受，但不在话下。

次日黄昏时分，他们到达了终点站凤凰。迎宾的人排了一长溜，而与吴家实相识的已经寥寥无几，相见之下自然又是一番伤感。但对于吴家实来说，双脚终于踏上了几十年魂牵梦绕的家乡土地，这才是最重要的。

这些年在外边，他从不放过每一本与湘西凤凰有关的书，他上补习班读书识字，把书中每一句话每一个典故都弄得清清楚楚。可以毫不夸张地说，在台湾的同乡里，他是最了解自己家乡的一个。可是当他真的踏上了这片土地的时候，心里又有点忐忑不安了，他真的了解它吗？眼前这座有了幕墙玻璃小楼，有了水泥马路和网吧的城市，还是他梦中小小安静的边城吗？在家乡的那些天里，吴家实每天都到自己熟悉的地方去走去看，每每得到的都是物非人不是的感觉。

沱江上的虹桥风雨楼可说是凤凰城里一处最繁荣的去处，1907 年由湘

放学的孩子们（2013）

西镇守使田应诏召集乡人捐资修建。吴家实小时候看到虹桥，诚如他在黄永玉的散文中看到的情形：“一座大桥，桥上层叠着二十四间住家的房子，晴天晾着红红绿绿的衣服，桥中间是一条有瓦顶棚的小街，卖着些奇奇怪怪的东西。”

这座造型特殊的石拱桥，在1956年改建为公路桥，桥上的房屋既已拆除，桥中间的小街也不复存在。到了1999年重新修建的时候，基本上恢复了虹桥的造型，几十间房子盖在桥上，全部出租为铺面，实际上是一个长条形状的商场。第二层是小型博物馆，里边陈列些名人字画和乡土民俗用具，同时兼做茶馆和文物商店。逢至周末，还有歌舞晚会就在馆中小舞台上出演，民间歌舞中间或有迪斯科穿插其中。这儿的茶座桌椅讲究，用原木树墩上了亮亮的清漆制成，喝茶价格也不菲，一壶茶少则七八十元，多至一百多两百，想必不是给一般游客更不是为城中的居民准备的。

新桥落成之际，画家黄永玉曾作对联，由其胞弟黄永前书写镌刻于虹桥东门口：

凤凰重镇仰前贤妙想架霓虹横江左右坐览烟霞拍遍栏杆神随帝子云梦去

五算男儿拥后生豪情投烈火涅槃飞腾等闲恩怨笑抚简册乐奏傩骚雾山来

桥上仍然店铺林立，可以肯定每一间都比旧时的气派，只是里边出卖的东西并不再奇奇怪怪。除去桥门口苗族妇女摆的剪纸摊上还有些现刻现卖的剪纸，以及手工制作的布鞋颇有当地特色，其余蜡染服装、工艺手袋、仿古陶瓷以及各种人造首饰，跟北京琉璃厂、上海豫园、南京夫子庙、丽江四方街等等一切旅游景点的陈列大同小异。在旅游越来越时髦的当今，别说同在中国，就是全世界各国的旅游纪念品中，也有相当的品种互相雷同。好在对这一切熟视无睹的游客并不太在乎，旅游团一到，虹桥上仍是人头攒动。大城市的人往往会发现，类似的物品在凤凰城的售价要比那边低去不少，再加上出门总要购物的心理惯性推动，虹桥上的小店生意一直很过得去。

虹桥往下就是回龙潭，古往今来凤凰的骚人墨客常把它作为吟咏的对象，《凤凰厅志・艺文志》收录的诗文中，光是以“龙潭渔火”为题的篇章就有许多。清同知黄应培诗曰：“谁家幽火夜叉鱼，半是龙潭傍水居。稚子网收斜照后，老妻灯试晚晴馀。芦花清浅看星乱，杨柳依稀挂月疏。却羡邻舟呼共饮，莼鲈风味久输渔。”如今芦花虽已难得一见，杨柳却还依依扶风站立河岸。天气晴暖的夜晚，总有数只扁舟在潭中游弋，船头点着明晃晃的煤气灯，船尾昂然站立鱼鹰三五，一俟水中略有动静，那些大鸟无须主人示意，已经奋不顾身扑进水中，须臾片刻就将一条肥肥的鱼儿叼上船来。有人在潭边用大木船开设水上餐馆，起名“鲜鱼舫”，专营鲜鱼火锅，用本地酸菜菌干做锅底，大块鱼肉佐以豆腐、粉丝、青菜，味道鲜美可想而知。况且店主还可应食客要求，将餐桌设于小船之上，游客们大呼小叫结伴登船，吃鱼喝酒随舟飘荡，直忘了此地何地今夕何夕。

今天凤凰人恐怕再也无法理解当年他们的祖辈为何要对商人们嗤之以鼻了，跟中国所有的地方一样，成功的商人是全社会公认的榜样。谁发家谁光荣，谁受穷谁狗熊，钱是不大讲血统的，纵然你祖上有天大的军功骄人的官爵，也挡不住一代代坐吃山空。“太子少保”“钦差大臣”“贵州巡抚”“提督军门”的匾额如今都成了客栈、饭馆的副牌，挂出来无非是一种招徕顾客的手段。凤凰县第一大世家田应诏的老宅子，如今都已成了“三胡子酒馆”，附设旅馆，还兼带名人旧居的功能，参观收费。假使谁想体验一下旧时的贵族生活也不难，只需花上几十块钱就可租得又大又亮敞的房子住上一晚。据说，当年人称“田三胡子”的湘西镇守使田应诏，是一个很会讲排场和赶时髦的人，曾在日本陆军士官学校留学，接触到的东洋西洋新事物新风尚，全都签单照收。早在民国三年（公元 1914 年）就不惜重金买回一部无声电影放映机，用人力发电机发电，放映外国风光片。就在这座老宅子里，他效仿罗密欧爬窗户去会朱丽叶的浪漫，半夜里搭梯子爬上二楼去会小老婆，被家丁错当贼人入室

阿婆曾经是美女（2014）

直喊打。四十来岁的光景，田应诏早早就厌倦了官场生活，把国民军第一路总司令之职让给陈渠珍，自己在家享清福。为了孝敬这位爷，陈渠珍每天送一桌酒席到田府请他品尝，没想到七八十年后，这些菜谱成了“三胡子酒馆”特别推荐的招牌菜。

最让吴家实心情复杂的去处，是前辈读书人视为至尊之地的文庙。这里现在是县立中学的校园，历代供奉着先知孔子牌位的大成殿，成了初中男生的集体宿舍。在这个摆满了上下两层高低铺的大殿里，有几十个寄宿的男孩子在里面嬉笑追逐，把橡皮足球一下一下钉到孔夫子本来已经斑痕累累的画像上。他们还没有长到怀旧的年龄，还不能体会一个地方的历史对人的生命会有怎样潜移默化的影响力。吴家实听着他们无忧无虑的笑声，心里默默地想，也许等到有一天，一个在文庙大成殿的宿舍里踢过球的孩子，在遥远山那边海那边，听说故乡这座庙宇已经被城市的新建筑所取代，永远消失了的时候，才会久久地凝神和沉默，感到心里空了一角。

回家的第一天，吴家实就迫不及待地去了十字街。他知道，与他父亲有约在先的那位“孙森万柏记号”的老掌柜孙柏林肯定是不在了，可是假如能见到他的后人，也算了结了父亲的遗愿。父亲临死之前曾经给过吴家实一个半边的瓷碗，告诉儿子二十多年前，他曾经在渡口将一个从土匪窝里逃出来的商人渡过河去，让那个人得以摆脱土匪的追赶。看到那个商人饿得不轻，吴父将船中仅有的一碗剩饭赠予其果腹。临别商人含泪将吃饭的碗一碎两半，一半给了吴父一半揣进自己怀里，告诉他说，自己是凤凰城中富商孙柏林，为今后有机会报救命之恩，特以碎碗为记，以便日后在凤凰相见，即使是本人已经作古，其子孙后代见到了半边碗，也会据此报答船家的救命之恩。父亲临终的嘱托，因为吴家实去乡多年而无法实现，这些年也自然成了吴家实自己未遂的心愿。

在十字街，他很快找到了那个门楣上嵌着“孙森万柏记号”石刻招牌的大宅子。离父亲与该号老掌柜的相遇已经六十多年，吴家实在海峡那边一直关注着家乡的时局变化，心知新中国成立后的一系列运动，对孙柏林这类人物和他的家庭不会无所触及，因此他甚至对还能见到孙柏林的后代已不抱希望。

“孙森万柏记号”的大门虚掩着，吴家实推门进去，发现里面是一处刚刚装修得富丽堂皇的大宅子，楼上楼下处处雕梁画栋，上好的杉树板墙被桐油漆得亮晃晃的，在多头枝形吊灯的映照下，散发着一股特别夸张的气息。几个工

似水流年（2013）

人还在埋头忙活着最后收尾的工序，没有人搭理吴家实。吴家实在宅子里走来走去，觉得似乎走进了“孙森万柏记号”全盛的年代，难道是孙柏林的后代又重振了家声，以至再次成为本城首富不成？

当然吴家实很快弄明白了，这是一处由外地商家投资装修的古董玩物店，这栋豪宅已经从房产到经营都跟孙家没有半点关系。孙柏林的儿子孙振孝住着这个宅子的偏院，以退休中学教员的身份开着一家廉价的旅店，每每有学生们来投宿，孙老师还要把价格再放低一些。吴家实找过去自报家门，希望能亲眼看一看等着父亲来认的半只碗。可惜孙老师告诉他，“文革”期间孙家被抄，住房被没收，财产洗劫一空，半只碗自然不保。这个结果让吴家实有点懊丧，尽管他没见过那个被父亲救过命的富商，但对那个人有恩必报的承诺心存好感，他觉得这是为人的一种不可破坏的规矩。

要是说此次还乡百得一失的话，那就是他心底里藏着的某些自以为不可破坏的东西正面临着破坏。比如说，他带回来的礼品因为不尽相同，就让两个关系同等的堂兄弟马上分出了亲疏，并且还闹开了意气。他被各家亲戚热情地接到家中去住，在谁家多住几天就好像让谁家沾了大便宜。他们把他当成了台湾的大老板，一落座就跟他大谈投资计划和经营设想，一连多少天他都找不到一个痛叙离情的机会。面对激情澎湃的乡亲，吴家实一再说明自己在台湾不过是一个靠卖苦力才赚得生活的底层人物，可是没人相信。一想到这些，吴家实的心里就乱糟糟的，虽说他已经去县统战部门表示了要把台湾的小房子出卖以后，迁回家乡来定居，但他完全拿不准，当他的亲戚们知道了他真的没有多少钱的时候，会不会对他淡下来。

吴家实把自己的隐忧说给青年时一块儿在凤凰城里当挑夫的老弟兄听，老弟兄也有同感。只不过长期生活在这个环境里，对这儿的变化人家早就适应了，说这种事情全世界哪儿没有，凤凰城又不是世外桃源，怎么能够免俗？早先大家都一样穷，住在同一条巷子里，到了开饭的钟点端上一碗饭，谁家的菜碗里有什么好菜，伸上几筷子也不打紧。现在不同了，穷的富的拉开了档次，发了财的先盖了独门独院的楼，纵是邻里关系再和睦，也是不到有了急事，不会轻

沱江两岸不断有新屋落成（2014）

易去摁别人家的门铃。当然对有钱人，人们也不怎么太客气。黄永玉曾经画了一对土地公公土地婆，请城里的石匠雕出来，可雕成之后石匠要他出钱来买，不然宁肯放在屋角里闲着。最后还是黄永玉在马年新春画了一幅千里马，才从石匠手里换出来供在回龙阁街上的土地庙里，听说那幅画要值好几万呢。石匠还逢人就诉苦，说黄本来只想让他白出力来的。可是他就不想一想，他用黄的设计图，大大小小雕了好几对土地公婆，因为造型独特都被外地游客高价买走，要是黄永玉追究知识产权，他不得老本都搭上？老弟兄说着叹口气，有钱的没钱的各有各的理，真不知道该向着谁。

在家乡到处走到处看，吴家实反倒越来越没有主意。他所苦苦寻找的记忆中那安静的小城，似乎正在被四处蒸腾的热气所融化，汇入到汹涌的商业化大潮中去。听说，黄龙洞公司正在制订一系列的宣传和包装凤凰城的计划，要在最短的时间里，让凤凰城一年四季游客如织，满城满街旅馆商号。吴家实知道这个公司将给家乡的人们带来最多的实利，所以公司董事长叶文智——一个小个子的长沙青年，走在凤凰街道上总会遇到相识与不相识的人们表示的敬意，高声大气而热烈无比的招呼和默默无言但诚心诚意的注目礼。好几次吴家实都想找到黄龙洞在凤凰的分公司去，跟他们讨论一下民心教化的问题，他们是否想到短时期的暴发会给人心世道带来什么样的负面影响。

当然他最终没有去，因为他自己已经给了自己一个答复。作为投资方，黄龙洞要在尽可能短的时间里得到回报，这是天经地义的，作为接受投资的一方，本地人需要借助这个公司的炒作告别眼睁睁看着别人富裕的历史,迅速富起来，这也无可厚非。你吴家实有什么可指手画脚的？他知道自己的理由在这儿站不住脚。

心绪纷繁的吴家实，就是在这样的时候走到了凤凰城里有名的老诗翁曾君武门前，并被那方旧门墙上的对联所吸引：

依然是两袖清风一肩明月

仿佛如竹梅潇洒云水襟怀

有如醍醐灌顶，吴家实霎时感到周身清爽耳目一新。

他走了进去，结识了那位虽已八十五岁高龄，但仍然精神矍铄的曾老先生，并通过他结识了边城诗社的各位诗友。这个诗社是本县诗词爱好者自发成立的民间社团，共有老少成员二十多位，每逢初一、十五，大伙就相约到诗社顾问的曾君武老先生家来聚会。曾老先生家在沱江回龙潭畔的沙湾，是个夜听流水早看柳的好去处。

一进到曾老先生的“四乐堂”，就可以感受到一股飘逸脱俗的儒雅之气，四壁满挂中堂条幅，有的为诗朋墨友书赠，有的由曾先生自撰自写，细读起来，颇有意韵。曾先生在他的诗联中这样形容自己的生活：“归去来兮墨迹酒杯茗碗，近乎癖矣诗笺词稿楹联”，“饮千杯竹叶醇醪浇除块垒，有一管春风词笔点缀沙湾”，“骚客推敲犹及定，窗前倒影启文思”。真乃一派世外桃源的天地与心情。吴家实虽然不是读书人出身，但仍然能够感受到这种生活的魅力，并心想往之。也许被凤凰人称为“文化活化石”的曾老先生所代表的，只是过往时代凤凰人的生活，而今天生活在信息时代的凤凰年轻一代，理当跟这个时代任何地方的年轻人一样，拥抱大山外边缤纷的生活，让电视电脑和网络，流行歌曲迪斯科和交际舞，照相和摄像技术，美容美发和时装等等一切时髦的东西，都在凤凰流行起来。这就叫做一代人有一代人的选择吧，每个人都可以在任何环境里选择合适自己的生活方式。他完全可以选择就像曾老先生这样，以不变应万变。吴家实这么想着，心里也就踏实了。

一个月之后，吴家实告别故乡返回台湾，他打算用最短的时间办好在那边的一切手续回家定居。

行前他去市场上买了本县著名的土特产拐子烟和罐罐菌，以及苗族的银饰、花带、花边、刺绣和剪纸，末了还到文星街的刘大炮蜡染坊买了好多张蜡染台布、门帘和枕套，准备送给台湾的朋友留作纪念。小时候，吴家实非常迷恋蜡染，尤其迷恋染布的过程。那些染匠们叉开双腿，高高地站在凹型的石碾上，像表演杂技一样，将石碾在裹着蓝布的滚筒上荡来荡去。等到染色的程序完成之后，就把染好的东西拿到河里去漂洗，洗得那些大大小小的布上，花是花鸟是鸟，别提多好看了。而染匠们的双手，一年到头总是蓝莹莹的，远远看上去，一个个都像是长年把手板缩了在衣袖里。

告别的时候，吴家实对每个来给他送行的人不断重复着同一句话：“等着我，不出几个月，我一定回来。”

谁都以为这只是一次短暂的离别，连吴家实自己在内。他从车窗里把头伸出来挥动手臂时，脸上满是舒心的笑容，没有丝毫离愁别绪。

然而，那秋天清晨的一别之后，吴家实的乡亲们再没有机会见到他。

回到台北的第三天，吴家实因心脏病猝发死在自己的寓所里。这位终临前还在思乡的老人，端坐在通宵明亮的台灯前，桌面上铺着一张新版湖南省行政地图，上边放着一本边城诗社诗人们自印的诗选，其中江民新的一首《湘西抒情组诗》有两句被他用红笔画了一行醒目的圈圈："生在这里长在这里一辈子厮守在这里，还没有看够还没有唱够没有爱够……"

我在凤凰访问的时候，听说了吴家实的故事。

夜已深人不静（2014）

再版后记：重回凤凰

重回凤凰已是十二三年之后。此时的凤凰已经不再是那个刚刚搭上改革发展的快车，却还没有多少人知晓，以至急于想弄出点响动来博取眼球的小小沱江镇了。它有了一个知名度极高的新名字：凤凰古城，十多年中，特别是近五年来，这个名字常常出现在节假日旅客爆满的排行榜上，而且作为一个户籍人口不足十万，地处深山的小县城，它的新闻产出量，大到几乎让所有同等量级的城镇都望其项背。

可能是因为写过这么一本书吧，凤凰发生的大事小情，总是会在一大堆新闻里边向我探出头来，眨巴着眼儿，发出尖叫声，让我无法忽略它们。所以说这些年来凤凰一点一滴的变化，对我来说并不陌生，甚至还亲身见证了一些转折性的事件。

2001 年 10 月，黄龙洞投资股份有限公司一次性买断了凤凰主要景点的经营权，这在国内尚无先例。受让方黄龙洞投资公司的代表，正是后来成为中国旅游界领军人物之一的叶文智。在知情人眼中，能以这种方式拿下湖南旅游最后一块风水宝地，不是因为叶文智最有背景或者最有钱，而是因为他最有想法。

回想起来，我第二次到凤凰采访的时候，叶文智刚刚拿下这个事关凤凰发展方向的大项目，正打算撸起袖子大干一场。大约听朋友说有人正打算给凤凰写本书，就到我寄宿的“沱江人家客栈”来找我。别看叶文智当时只有三十五六岁，个子小不起眼，但在凤凰的老百姓心目中，却是个出得起大价钱，

灯火通明不夜城（2013）

把整个古城都“包下来”的大人物，想不神秘都做不到。记得客栈主人老包，眼见得这位神秘的大人物，走进了他的小旅馆，顿时惊得目瞪口呆。接着就忙着端茶上瓜子，整个一副喜从天降手足无措的样子。我们谈话的时候，老包出出进进，不是添水就是加瓜子，老想掺和进来的样子。我就干脆对他说，老包你是不是想跟叶总说说河里那些船的事呵？老包果然回应道：正是，正是……叶文智正在为整顿私船拉客的事情费心，当然也想听他说。

于是老包就开口说了。这一开口不打紧，真正是语出惊人。老包说：叶老板，你现在把这些船都收拢来，按月给他们发工资很划不来，特别是一到冬天，一天跑不了几趟，工钱还得照发。你不如按次数计算，跑一趟给一趟，不跑就不给，几多松快罗。说完就满脸堆笑等着回复。

实话说，我两次入住“沱江人家客栈”，时间都不短，对老包夫妇真是怀有朋友式的亲切感。这几句一落地，我印象中的那个忠厚老实的老包，忽然间变得遥远而模糊。像老包这样苦了大半辈子，自己也当过艄公的人，刚刚有了一点发财致富的苗头，就这么直接地给过去一块儿下苦力的兄弟们使绊子，真让人有些想不通。难道钱就这么容易改变人的阶层属性？或者仅仅只是因为下河撑船的事跟那些人结了梁子？在当年成稿之时，我为这件事到底入不入文好费了一阵踌躇，最后还是决定删除算了，毕竟他还得在这个小镇上生活。就在我将稿子交给出版社，刚刚付梓还没出书的时候，凤凰那边传来消息，老包因脑溢血突然离世。这个消息让我难过了好久，也庆幸自己没有把老包向叶文智献计的一幕写进书里。但在未来的日子里，快速发展除了将给凤凰带来财富之外，还会给这里的人们带来什么样的变化，从此成为我时不时会想到的问题。而在十多年之后，我又回到这里，应该说有机会将它自问自答了。

说来也巧。2013 年 4 月我第一次重回凤凰，正值这座小小的古城刚刚出台旅游门票收费新办法，将“凭票入景点”改为“凭票入景区”，游客需购买 148 元的门票才能进入古城核心区，各种各样的负面评价铺天盖地的时段。从 2001 年叶文智承包凤凰景点的经营权，到 2011 年这十年间，凤凰的旅游人次从 57 万上升到 650 万，旅游产业收入从 4700 多万飙升至 47 亿多，足足翻

排队乘船游沱江（2014）

了100倍，到了2013年，旅游总收入已经占据凤凰全县GDP七成左右的份额。人们不能不承认，叶文智采用歌声中的凤凰、笔墨下的凤凰和镜头中的凤凰三种方式对古城进行的包装推介，的确卓有成效。用凤凰人的话来说，是“叶文智成就了凤凰古城，凤凰古城也成就了叶文智”。然而正是这大好的形势之下，曾经成就了古城的叶文智，却促成了这么个让多数人很难理解的新政出台。媒体轮番轰炸了一番之后，往日熙熙攘攘的古城，忽然间门可罗雀了，这个局面真叫人始料未及。

我们在店铺、酒吧、餐馆鳞次栉比的街巷里行走，满处都是“新政”实行后带来的萧条。男女老少各色老板们，一个个皱着眉头坐在店堂，或者托着腮帮子发呆，或者百无聊赖，把无人问津的货品搬过来摆过去地盘点。上门的顾客实在太少，习惯了人来人往的狗和猫们似乎也觉出了异常的气氛，没精打采地蹲着卧着，知道任何不识时务的打闹追赶，都可能招致主人的打骂。要是这时候做个民意调查，估计十个人有九个会回答你，不知道这个叶老板还有县政府那些官儿到底怎么想的，搞这么个买票进城的鬼把戏，要把凤凰一夜送回解放前呀？人家来逛逛街买买东西，不参观景点行不行，逛街买东西还得买门票，哪个能够想得通？

在此之前凤凰旅游盛况空前，无数像老包一样的城镇居民，一夜之间成为旅游业的生力军。未经训练，没有门槛，设施因陋就简，人员各行其是，难免乱象频出。虽然涉足旅游业的人们，荷包个个鼓了起来，凤凰的口碑却每况愈下。最糟糕的2011年，游客对凤凰旅游业的投诉量，占到了湖南全省的67%，整顿势在必行。可是围城售票这样矫枉过正的策略，会不会把凤凰来之不易的好光景断送掉？某些专家断言，此举负效应会逐渐显现，直接影响是导致游客、特别是散客数量大幅减少，这个措施的出台，完全是蛋糕做大了，方方面面都要分的结果。而叶文智在解释这个决策时，似乎振振有词：最大的变化就是由点演化到城，因为凤凰古城从一开始就是一个城的概念，只是当时这个城没有边际线，现在有了。这些年出现的问题，根本原因是市场成熟得太快了，游客数量增加得太快了。凤凰古城的各项配套设施和管理水平远未赶上市场成熟的

通往回龙阁的小巷（2013）

速度。这个时候你得开始着手从根本上解决这个问题，收费就成了自然的选择。这些说辞一开始几乎没人能听得进去，然而等到又一个新年到来之际，人们看到了这样的统计数字，好像又无话可说了。2013 年凤凰县共接待游客 842.42 万人次，旅游收入 66.86 亿元，同比分别增长 21.72% 和 26.13%。

我正是在这片短暂冷清中，开始寻找故人旧物，结果竟然人物两非。

刚放下行李，我就忙不迭去地去寻"沱江人家客栈"。时置黄昏，沱江上有些淡淡的暮霭，从江对岸的万寿宫远远看过去，黄永玉的夺翠楼还高耸在一大片黑色的屋脊之上，犹如一只昂起的龙头，它的腮下仍有一束龙眼睛般的灯

当年的"沱江人家客栈"已物是人非（2013）

光闪烁着，那儿就是客栈的位置。

匆匆过了桥，走进那条叫做回龙阁的小巷。往日就不很宽敞的巷子，因了两边密密扎扎的店铺，显得更加逼仄。三步两步走到沱江人家客栈门口，记忆中的旧门墙已经不见，代之以一个闪着五彩灯光，萦绕着爵士音乐的西式酒吧。进得门去，只见两个身穿黑色马甲，胸佩红色丝巾的青年人，正在吧台后边摆放高脚酒杯，折叠纸制餐巾。从他们训练有素的模样大约可以推断，在往日小城爆棚的日子，每晚必有吃饱了喝足了仍觉意犹未尽的游客，来这里消遣直到夜半的时辰，人头攒动的一幕当是惯常的光景。可眼下，这儿不过只是一道开场前的布景，有没有演员上场不得而知，但场子还是得照常拉起来。

听说要找“沱江人家客栈”，那两个青年人都很茫然地看着我，说：哦，这个房子是我们老板租的。我问房东一家到哪儿去了。其中一个想了一会儿说：不清楚，可能是在镇子外边买了商品房，搬到那边去了。我觉得这个答案很是靠谱。回想起当年我入住老包的客栈，闲来跟他聊天，听他说过对好生活的期待，就是到城边新盖的商品楼里买一套单元房住住。估计后来他家大张旗鼓搞装修，并打算用家庭内部股份制方式来进行经营，也是为了实现这样一个在当时看来实在有些高远的目标。可惜在发家致富路上刚刚迈出第一步，当家人老包就撂挑子走了，剩下的事情只能留给后人去做。说不定在老包弥留之际，心里记挂着自己未竟的家业，会担心孩子们做不好倒贴本。他当然不会想到，曾经到他的小客栈来会客的小个子青年叶文智，真有这么大能量，短短十来年，就把凤凰的声名传播得四海皆知，同时也把他家破破烂烂的吊脚楼，变成了可以大把掘金的宝地。以老包一辈子勤劳致富的经验，他肯定不能预见，家人们靠着自己留下的小小吊脚楼，可以不劳而获地住进商品房，过上他梦寐以求的好日子。

老包是个信命的人。他跟我说，家里的情况一天天好起来，还是要搭帮邻居黄永玉，设计的那对土地公婆，找人用麻石雕好，正放在了自家大门口。我也曾经亲眼见过包家娘子，一早一晚给土地庙上香，双手合十，经也念得虔诚。我借住老包家的客栈，每天出门即要与土地公婆碰头，来来往往的也就成了“熟

黄永玉设计的土地公婆（2002）如今已“形单影只”（2013）

人”。依仗着黄永玉先生匠心独具的设计，这对土地既富态又喜庆，真是好到了人见人爱花遇花开的程度。

从酒吧里边退出来，一眼看见那个保佑了老包的土地庙，还在灯红酒绿的街边占着一席之地，心想此来生物的熟人怕是找不到了，石头的熟人总是还能照个面的。待我走近前去，立时瞠目结舌：在中国大地上岂止千对万对，且从来公不离婆的恩爱神仙，不知被什么人生生拆散，只剩下土地公在那儿形影相吊。问都不用问我能猜到，这些年随着黄永玉先生身价高企，他的作品已经成为藏家们争相追逐的目标，以这对公婆生动奇特的造型，流畅饱满的雕工，高价收来已是难得的珍品，倘若在月黑风高之夜，伸手便可劫归私有，如何不叫胆大妄为之辈动心。

辞别了业已成了鳏夫的土地爷，心里多少有些不爽。不知道是否因为我已经在过往的交集中，形成了凤凰人仍对自然和神灵保持着某种敬畏，与都市现代人之间尚保持着距离，或曰有着独特地方个性的定见，我对盗取菩萨这等事情出现在凤凰古城深感震撼。当后来有居民坚称，土地婆肯定是外边来的流窜犯偷走了，我也就跟着深信不疑，因为我压根就不希望，凤凰人发了财就连菩萨都不放在眼里了。

我在夜色中走上北门的城墙。举目望去，绚丽的景观灯将沱江两岸的建筑物连成了两条发光的长龙。这些年过去，各式各样高大上的吊脚楼，已经沿着江边向两头延绵了十几公里，并且用不着再做什么整旧如旧的动员，房主们早就明白了旧比新值钱的道理，个个把房子盖得很具沧桑感。在黑夜和光照的掩映下，白天兴味阑珊的萧条已然不见了踪影，小城沉浸在璀璨的光亮之中，发出某种无声的喧哗。

记得十多年前，我曾去拜访当地的老诗翁曾君武先生。曾老住在沱江边的一个清净的小院子里，门头有一幅自拟对联，描述着他在这儿一住几十年的情形：依然是两袖清风一肩明月，仿佛如竹梅潇洒云水襟怀。我在这灯光的海洋

霓虹彩灯中的古城（2014）

之中，回想起与曾老令人愉悦的畅谈，却已经完全辨不清他家的方向。人在喧嚣与辉煌之中是很容易迷失的，曾老倘若以他百岁之上的高龄，仍然在这巨变后的小城里生活，他会怎样抒怀？

第一次重回凤凰的日子，在一种有些低落的情绪下度过了。为何如此连我自己都想不清楚。因为故人难寻？因为旧景不再？因为凤凰已然叫我感到陌生而惆怅？抑或是为了这里速热之后的冷场而担心？离开凤凰的那天，正是吉怀高速公路开通的前一天，凤凰收费站周围被布置得花团锦簇。临别，此行接待我们的导游大米，指着那个气派的门楼，信心满满地对我们说：只要等高速公路一通，会有更多外地游客到凤凰来，现在这种冷清的情况，不过是暂时的。不信你们明年再来看，说不定这里还要堵车呢。

大米是一个漂亮伶俐的苗族姑娘，她和妹妹小米是一对双胞胎姐妹，同在凤凰古城文化旅游公司当导游，属于新一代凤凰人。作为公司的 VIP 接待员，她接触到的人可谓天南地北，我曾问她要是某天被哪个外地的客人看中，要把你挖去作员工，甚至娶过去做媳妇，你会怎么打算呢？大米从容地笑笑，很认真地回答道，外地嘛，去玩玩可以，安家落户我不想。外边再好，待得久了肯定会想家的。她的这番话，倒叫人很容易联想起沈从文黄永玉在他们的文字里，有关家乡和乡愁的篇章。对家乡的超级热爱之情，业已通过文化基因溶入了一代代凤凰人的血脉之中，无论远方有多少诱人的东西在招手，他们走了或者留下，终归是要挂牵这条浅浅的江，这座小小的城。

明年再见！大米在车窗外一边挥手一边喊着。谁承想第二年春天，因为与黄永玉先生的一个约会，我们真的又跟大米见面了。她告诉我们，围城收票的冷清根本没有持续多久，不过两三个月之后，古城又开始热闹起来，十月长假期间仍然是一房难求。看来这个被人称赞为世界上最美丽的小城之一，养在深山人皆识的凤凰，还真的是让大家无法忽略呢。如果说上次旧地重游，遇上了一个意外的中场休息，那么这一次来，正逢下半场高潮到来的时候。

大型情景剧《烟雨凤凰》，被凤凰人看作待客的开场好戏。据说这台融实景与舞台于一体的剧目，历时三年耗资 1.3 亿。可能是由于自《印象刘三姐》

“明星导游”大米（2014）

开始，有一系列以张艺谋挂名耗巨资打造的情景剧，在全国多地相续出演，媒体对这台剧目的关注似乎并不在其本身，而是在该剧首演那天，腾讯董事会主席兼 CEO 马化腾的捧场。消息一出，立即引来社会各界的猜测，已经入驻凤凰十四年之久的叶文智，又在开始促成腾讯的进入，以期联手把凤凰旅游的蛋糕做得大些更大些。已有的统计显示，旅游产业已成为凤凰县第一大产业，不少人认为叶文智的公司对小城的发展贡献巨大，也有人不以为然：他走出了一条开拓的路子，但破坏了凤凰原本清秀宁静的风景，甚至破坏了凤凰的文化内涵，评价可谓毁誉参半。叶文智本人对待凤凰的态度，同样显得很矛盾，在《烟雨凤凰》首演前，叶文智接受采访时直言不讳地说：我最恨的是凤凰，最爱的也是凤凰。是什么让这个自称与这座古城结下了五十年情缘，并为它的繁荣贡献了最好年华的人物，对凤凰怀揣了爱恨交集的感情，外人或许难以确知。但无论如何，这十四年记录着一个人与一座城共同经历的进退与冷暖。

平心而论，如今的凤凰跟中国其他著名的小城镇丽江、阳朔、乌镇、周庄，真的没有太多的区别，一样的商铺密布，一样的人流如织，一样的灯红酒绿，一样的不眠不休。仿古的街市，做旧的房屋，毫无戒备地接纳了众多西式酒吧或咖啡馆，装修时髦的门口，常会竖着夹杂着洋字码的招牌，有的还会弄些别出心裁的词来揽客，比如：欢迎到本店来看书、听歌、发呆、发骚……到了夜晚震耳欲聋的摇滚，伴着闪闪烁烁的灯影与人影，这一切好像跟人们到这儿来寻古访旧的初衷毫无关系。

然而，任这世界怎么变，凤凰人爱家乡恋故土的心，似乎总是以不变应万变。

来到凤凰的第二天，我们一行人在玉氏山房见到了九十岁高龄的黄永玉先生。众所周知，黄老先生的画名与凤凰古城的盛名，几乎像一枚硬币的两面密不可分。或者可以换句话说，假如没有沈从文黄永玉叔侄二人的作品，凤凰即使可以靠发达的商旅业名噪一时，也完全有可能如眼大无神的美女，空有其表却缺失了灵魂。反过来说，凤凰对于沈黄二人，亦如灵魂般不可或缺，无论文与画，他们的作品但凡与故乡相遇，定然变得神思飞扬品格不俗。

大型情景歌舞剧“烟雨凤凰”（2014）

沉醉酒吧不知今夕何夕（2013）

在我看来，黄老先生较之三十年前我在北京拜访他的时候，除去面容显出些清瘦老迈之态，思维敏捷，眼神锐利，话语俏皮，几乎毫无改变。要说变化最大的，该是他的谈兴全然从绘画转向了文学。2013 年 8 月，人民文学出版社出版了黄永玉八十万字的长篇自传体小说《无愁河的浪荡汉子·朱雀城》，接着又给他开了作品讨论会。谈到这部小说的创作，黄老先生一改平日里酷爱戏说的风格，一本正经地总结说：“文学上我依靠永不枯竭的、古老的故乡思维。”这个说法，让他的同乡作家韩少功十分肯定：“故乡思维可说是他的天机自供。这不仅表现在他好用方言，重视民俗和野史，更表现在观察角度与情感焦点‘土’得

九十画翁黄永玉在凤凰玉氏山房（2014）

掉渣，固守老湘西的不散之魂。……他内心深处其实温暖而柔软，对故乡的一草一木、一鸟一兽、一山一水都心怀悲切，是一个隐藏很深的情怀党，与其顽皮捣乱的表面形象形成了精神张力。”在读书界的许多人都以为黄老先生不过是在画名鼎盛后，再玩一把文学票的时候，文学圈里却有不少大咖郑重地接纳了他，跟他的作品里独特而绵长的故乡思维所带来的灵动气质，支持着他的文字有能人所不能的作为有很大关系。饱满的故乡情结在耄耋之年得到了充分释放，黄老先生称心如愿，更加雄心勃勃。他对我们说：假如时间还来得及，我计划五年内，写完关于抗战的第二部，然后在九十五岁到一百岁之间，再写第三部。在座诸位无一不被他宏大的计划所震惊。

对于故乡的高速发展，黄永玉先生的态度毋需置疑。2012 年他曾捐资 1100 万，在沱江上修建风、雪、雨、雾四座桥，从选址、构思、设计、命名，凡事亲力亲为。这四座桥均为仿古建筑，与凤凰的山、水、城融为一体，成为沱江上的一道新风景线。可改善交通缓解拥挤，又可装点古城增添风景，当是黄老先生捐修的初衷。然而 2014 年 7 月中旬凤凰发生了大水灾，我在电视新闻里看到了被浊浪吞没的风雨桥，在水中漂摇的木头房子，还有充满垃圾的街道。一时间，对凤凰古城过度无序开发的质疑之声再起，更有水利专家指出，沱江江面本来不宽，过水能力本来不强，而跨河而过的桥墩一个接着一个，自然对水流通过形成阻碍。沱江两岸商用门面越来越多，洪水漫上河堤后也被这些构筑物阻挡。黄老先生献给家乡的厚礼，此时也跟着成了被批评的标的。

凤凰又一次站到了媒体的焦点上。凤凰人究竟会如何应对呢？事关发展速度与发展水平的争论与博弈，在当今中国从南到北从大到小的每一个地方，无时无事不在展开着，而且从来没有结果。我们已经知道，历史上的凤凰人出了名的自负自尊，让他们冲出去再退回来，甚至认错服输是一件很难的事情。果然仅在一个月之后，就有这样一条视频出现在正式的新闻报道中：凤凰古城再现游人如织……

2016 年 8 月 22 日

雨中再别凤凰（2014）